만나지 못한 말들

만나지 못한 말들

이림 지음

너무 늦게 깨달은
소중한 것들에 대하여

심플라이프

차례

1부 가끔, 떠오릅니다

결혼식의 빈자리   9

왜 오밤중에 애를 낳느냐고?   16

냉장고가 하는 말   24

다시는 맛볼 수 없는   31

평생의 감시자   36

옷장 정리를 하다가   44

2부 때론, 슬퍼집니다

왜 아빠 같은 사람이랑 결혼했어?   53

좋은 사람은 일찍 떠나는가   58

마흔일곱, 열일곱   65

살아남아 미안해요   73

가짜 약사와 알코올중독   83

진작 좀 그러시죠   87

봄이 그렇게도 좋냐   91

기대와 좌절, 희망을 오가며   99

인어 공주가 된 아버지   103

고치로 파고드는 사람들   106

어른이 되어도 적응되지 않는   112

끝은 모두에게 공평하다   121

3부   자주, 후회합니다

990 돈까스   129

부러움과 부끄러움의 시절   134

낯선 소리가 들리는 밤   140

나를 부르는 불빛   144

말 폭탄은 문신이 된다   150

자식에게 최선이란   158

어제의 장미, 오늘의 카레   162

4부   이젠, 이해하려 합니다

두 번째 성장   171

삶으로 증명하기   174

나는 어떤 엄마로 기억될까   181

당신의 아들, 나의 아들   187

술꾼의 자식으로 태어나   194

외로움의 대물림   199

5부   문득, 묻고 싶습니다

발 뻗고 누운 자리   207

뻔한 사람은 없다   213

마지막 사진   219

그 흔한 옷 한 벌   222

보호자가 된다는 것   229

타인의 삶을 이해하기   235

우리 다시 만난다면   238

에필로그   242

1부

가끔,
떠오릅니다

결혼식의 빈자리

◇◇◇◇◇◇◇◇◇◇

삶은 언제 변할까. '터닝 포인트'라 이름 붙일 만한 몇 순간이 있겠고 결혼도 그중 하나로 꼽힐 듯싶다. 한 사람을 만나 함께하려 할 뿐인데 잘 알지도 못하는 이들과 가족의 연을 맺게 되는 순간. 웨딩드레스, 부케, 뷔페, 하객들. 결혼식 하면 그저 이 정도로 화려한 이미지만 두루뭉술하게 그려보곤 했었다. 하지만 결혼이라는 것이 구체적으로 한 발 한 발 다가오면서 나는 종종 고립감을 느꼈다. 설레는 신부의 마음을 품기보다는 부재(不在)를 어떻게 숨겨야 할지 고민하느라 머리를 싸맸다.

하객석의 가장 앞자리, 신랑신부와 대면하는 혼주석. 그 자리를 어떻게 채워야 할지 우선 고민해야 했다. 내 나이 열일곱 살 때 돌아가신 어머니. 그 부재를 평생 느끼며 살았지만, 떡하니 마련된 두 개의 의자 중 하나가 비는 것으로 시각화되는 건 또 다른 느낌이었다. 빈 채로 놔둬야 하는 것인지, 다른 누구라도 앉혀야 하는 것인지 결정하기가 어려웠다. 결혼은 내가 하는 것이었지만 이 결혼을 주재하는 사람 즉 혼주는 아버지였다. 아버지는 빈자리를 옆에 두기 싫다며 고모라도 앉히기를 바라셨다. 그 자리에 누구라도 앉아 있으면 아무도 별다른 관심을 두지 않지만 빈 채로 두면 이목을 끌게 마련이라는 것이 아버지의 주장이었고, 나 역시 괜히 주목받고 싶지 않아 아버지 의견에 동의했다. 성당에서 예식을 진행했기에 따로 마련된 혼주석은 다행히도 없었다. 하지만 사진을 남겨야 했고, 혼주가 필요할 때마다 고모가 어머니의 자리를 채웠다.

청첩장도 문제였다. 청첩장에는 살아 계신 분의 이름만 넣는 것이 일반적이라고 했다. 그럼에도 나는 돌아가신 어머니의 이름을 넣겠다며 고집을 부렸다. 세상을 떠낳다는 이유로 딸의 청첩장에 이름조차 올리지 못하는 건 잔인하다고 생각했다. 더 솔직히는, 어머니의 부재를 숨기고도 싶었다. 어머니가 돌아가신 것을 굳이 청첩장에서부터 드러내며 결혼식을 치르고 싶지 않았다. 원가정의 문제는 원가정의 문제일 뿐, 새 가정을 이루는 자리에까지 그 문제를 끌어들이기가 싫었다.

사실 늘 숨기려 애를 써왔다. 어머니가 돌아가신 고등학생 시절, 학기 초 새 담임선생님과 진로 상담을 할 때마다 불편함을 느꼈다. 10대 청소년기의 나는, 애잔한 듯 날 바라보는 선생님의 눈빛을 외면하고 싶었다.

"어머니가 돌아가셨네?"

그쯤은 아무 일도 아니라는 듯 "네, 고1 때 암으로요" 말하고 나면 이어지는 침묵. 부재를 제대로 소화하지 못했던 그 시절엔 그런 시선과 침묵이 불편했다. 친구들은 신나게 이야기를 하다가도 누군가 '엄마' 이야기를 꺼내면 순간 조용해지며 내 눈치를 살폈다. 그렇게 분위기가 어색해지는 것도 싫었다. 그래서 대학에 입학하며 다짐했던 것 같다. 굳이 드러내지 않으리라. 알코올중독자 아버지도, 돌아가신 어머니도, 숨기는 편이 낫다고 판단했다. 집안 문제가 내 이미지에 영향을 주는 일 같은 건 만들고 싶지 않았다.

결혼식을 앞두고도, 사정을 잘 모르는 회사 사람들에게 어머니 성함이 없는 청첩장을 건네고 싶지 않다는 마음이 뭉게뭉게 피어올랐다. 혼자 고민하다 질끈 눈을 감고, 어머니 성함까지 몽땅 넣어 청첩장을 주문했다. 처음엔 고(故) 자라도 넣을 생각이었지만, 굳이 고인임을 밝힐 거면 아버지 성함만 적는 것이 옳다고 주변에서 이야기했고, 나 역시 어차피 여기저기서 지적받을 거라면 그냥 성함만 쓰자고 생각했다. '아는 사람은 사정을 알 테니까' '내 결혼식인데 뭐 어때' '어차피 내 돈 내고 만드는 건데 내 맘대로 하면 되지 뭐' 하는 마음이었다.

그 청첩장을 받아든 아버지는 불같이 화를 내셨다. 이렇게 써두면 어머니가 돌아가신 줄 뻔히 아는 아버지의 지인들이, 아버지가 새 장가를 든 걸로 오해한다고 하셨다. 미처 생각하지 못한 부분이었다. 주변의 충고는 무시할지언정 없는 '새 부인'이 생길 위기에 처한 아버지의 이야기는 들어야 했다.

어머니 성함은 빼고 아버지 성함만 넣어 청첩장 100부를 추가 주문했다. 아버지 지인들에게는 아버지 성함만 들어간 청첩장을 돌리고, 회사 사람 등 내 지인에게는 어머니 성함까지 적힌 청첩장을 줬다. 200부나 찍어버린 청첩장은 엄청나게 남았다. 이중장부도 아니고 이중 청첩장이라니, 돌아보면 우습다. 그렇게까지 숨길 필요가 있었을까. '별문제 없는' 가정에서 자란 '별문제 없는' 사람으로 보이고 싶다는 욕심이 컸던 것 같다.

결혼식을 치르고도 빈자리를 숨기려는 노력은 계속되었다.

'엄마 없이 자라서 저렇지.'

'아빠가 알코올중독이라더니 가정교육을….'

단 한 번도 들어본 적 없는 말들인데도, 어디선가 누군가 내게 던질까 봐 내내 불안했다. 아등바등 용을 쓰며 '잘 사는' 모습을 보이려 했던 시간들. 성장 과정에 있었던 이런저런 일들을 잘 극복해낸 모습을 남들에게 보여주고 싶었다. 하지만 삶은 원하는 대로 흘러가지 않았다. 노력하면 노력할수록 삐걱거리는 것만 같은 결혼생활이었다. 아무나 붙잡고 "사는 게 정말 힘드네요"라고 말하고 싶은 상태였지만 참으려 애를 썼다.

"엄마 보고 싶어."

세 살짜리 애처럼 훌쩍거리며 많은 밤을 보냈다. 그 밤들 끝에 깨달았다. 행복은 흉내 내려 한다고 누릴 수 있는 것이 아니었다. 동정을 하든 말든 남의 시선일 뿐인데, 남에게 행복해 보이려 용을 쓰느라 나를 바라보지 못했음을 알게 됐다. 내 안의 빈자리는 점점 더 커지는 것 같았다. 숨기고 싶은 것이 원가정의 문제인지 현 가정의 문제인지도 점점 알 수 없게 됐다. 그런 시간이 쌓이자 스스로가 어떤 사람인지도 헷갈렸다. 웃는 나와 우는 나, 그 사이의 진짜 내가 무엇을 느끼는지 확신하기가 어려웠다. "잘 지내" "괜찮아"라고 말하고 다녔지만 정말 하나도 괜찮지 않은 날들이었다.

행복과 불행, 또는 어떤 한 단어로 삶을 정의할 수 있을까. 가끔은 행복했고 때로는 불행했다. 무엇이라 이름 붙이기 어려운 시간들이 꾸준히 흘러갔지만, 그 모든 시간들에 스며드는 감정은 하나 있었다. 외로움이었다. 꾸준히 외로웠다. 내 가정을 꾸리면 해소될 줄 알았는데 녀석의 존재감은 오히려 더 커졌다. 외면하려 애를 썼지만 마음 한구석은 늘 허전했다. 외로움을 느끼지 않으려 버둥거리다 어느 순간 받아들이게 된 것 같다.

'이 외로움은 평생 함께 가는 거구나.'

성장 과정에서 생겨버린 여백은 무엇으로도 채워지지 않는 것이었다. 애초에 숨길 수 없는 걸 그토록 감추려 애를 썼다니…. 조금은 나이가 든 나는 이제 그저 담담히 빈자리를 바라본다.

왜 오밤중에 애를 낳느냐고?

◇◇◇◇◇◇◇◇◇◇

출산을 앞두고 나름대로 열심히 '준비'를 했다. 실질적인 준비라기보다는 '공부'에 가까운 시간들. 인터넷과 책을 껴안고 시험을 준비하듯 공을 들였다. 아마 불안했던 것 같다. 손 내밀 곳이 없다는 불안감은 혼자서도 잘 해내야 한다는 강박을 만들었고, 그 강박을 어떻게든 풀어내려 수험생처럼 책을 파고들었다. 입원에 필요하다는 물품들을 미리 챙겨 '출산 가방 싸기'까지 마쳤을 때에는 출산 대장정을 이미 끝낸 기분마저 느꼈다.

새벽 6시. 눈이 번쩍 떠졌다. 출산 예정일이 이틀 지난 시점, 묵직한 아랫배의 통증이 생경했다. 생리통과 변비 등 그간 겪어본 모든 통증과는 종류가 다른 느낌에 뭔가 시작됐다는 직감이 왔다. 다만 진통이 왔다고 여기기에는 통증이 가벼운 편이었다. 다시 잠들기에는 무거운 수준이었지만 일상생활을 하는 데는 전혀 무리가 없었다. 가만히 누워 뭘 해야 할까 생각한 끝에 몸을 일으켰다. 옷을 갈아입고, 24시간 문을 여는 동네 마트를 찾아갔다. 출근 행렬도 시작되지 않은 시각, 길은 한산했다. 걸어가며 두 손으로 배를 감쌌다. 이유는 모르겠지만 그런 자세를 취하게 됐다. 배를 감싸고 찬바람을 맞으며 타박타박 걸었다. 그리고 비장하게, 삼겹살 한 근을 샀다. 고기를 든든히 먹으면 아이를 낳을 때 힘을 더 잘 줄 수 있다는 글을 본 적이 있어, '오늘이 출산이라면 고기를 미리 먹어둬야 한다'는 각오가 새벽녘에 샘솟은 것이다. 그렇게 출전을 앞둔 씨름선수마냥 아침 7시에 삼겹살을 구워 먹었다. 아릿한 통증은 그대로였지만 삼겹살은 늘 그렇듯 맛있었다.

하루 종일 통증의 주기가 짧아지기를 기다리다가 점심 무렵 산부인과에 전화를 걸었다. 통증이 20~30분 간격인데 언제쯤 병원에 가야 할지 물었다.

"배가 너무 아파서 전화번호를 누르기가 어렵고, 차분하게 '아프다'고 말할 수 없을 때쯤 오시면 됩니다."

침착한 간호사의 대답을 들으며, 이런 전화를 자주 받아봤을 것 같다는 생각을 했다. 대답에서 깊은 내공이 느껴졌다.

오후 4시. 병원 문을 닫을 시각이 다가오자 마음은 더 불안해졌다. 통증은 그대로였지만 이대로 밤을 보내기엔 두려웠다. 대책 없이 버티다 새벽에 갑자기 응급실에 가게 되는 것보다는, 어떤 상태인지 정확하게 아는 게 낫겠다는 생각이 들었다. 마침 그날은 원래 다니던 산부인과 의사의 휴진일이었다. 꾸준히 진료받던 의사를 못 만날 바에야 가깝고 큰 종합병원을 가는 게 안심이 될 것 같아 대학병원을 찾았다. 의사는 통증이 있다고 하니 초음파를 보자고 차분히 말했는데, 초음파 화면을 보더니 화를 내기 시작했다.

"4.5킬로가 넘는 애를 자연분만하시겠다고요? 애 머리가 이렇게 큰데요?"

아이도 크고 아이 머리도 크다는 건 이미 알고 있었다.

자연분만을 하면 산모의 회복에도 도움이 되고 아이 인성에도 좋다고 '책'에서 말하기에 별 고민 없이 자연분만을 전문으로 하는 병원에 다니고 있었을 뿐이다. 병원 의사도 "한번 해봅시다" 하셨기에 '한번 해보자' 하고 있었을 뿐. 자연분만을 하고야 말겠다는 다부진 각오 같은 건 없었다. 대학병원 의사는 딱 잘라 말했다.

"자연분만 절대 안 됩니다. 산도에 애 머리가 끼면 어떻게 되는지 아세요? 뇌에 산소 전달이 안 돼요. 그다음은요? 위험하다고요."

몰랐다. '위험'이라는 단어를 듣자마자 현실이 인지됐다. 대학병원 의사는 고집 부리지 말고 바로 수술을 하는 게 좋겠다고 말했다. 그것도 '지금 당장'. 위험은 인지했지만, 당장 수술을 할 마음의 준비는 되어 있지 않았다. 의사에게 집으로 갔다가 다시 오겠다고 했다.

"샤워 좀 하고 다시 올게요."

집에 돌아와 샤워를 마치고 머리를 감으려 쪼그려 앉는 순간, 하루 종일 느낀 통증과는 차원이 다른 아픔이 밀려왔다. 낮에 통화했던 산부인과 간호사가 말한, '아프다고 차분하게 말할 수 없는 상태'가 곧 닥치리란 느낌이

왔다. 결국 머리를 말리다 말고 남편이 운전하는 차 옆 좌석에 부축을 받으며 탔다. 병원으로 가는 길, 남편이 괜찮으냐고 물었지만 '아프다'는 말을 끝까지 할 수가 없었다.

침대에 누워 수술실로 옮겨지며 생각했다. 인터넷 카페에서 "진통 다 겪고 수술하는 미련한 짓 하지 말고 미리 수술 날을 잡으세요" 했던, 그 말의 참의미를 알게 되었다. 주기적으로 오는 진통 탓에 침대에 반듯이 누워 있기도 힘들었다.

'와, 이렇게 아픈 거구나.'

글로 읽은 출산의 고통을 온몸으로 배우고 있을 때, 마취제가 투여됐다. 의학의 발전은 정말이지 굉장한 것이었다. 모든 고통을 순식간에 사라지게 하는 매직. 스르르 몸의 긴장이 풀리며 기분이 붕 떠올랐다. 그렇게 하반신 마취로 제왕절개 수술을 했고, 아기의 울음소리가 수술실에 울려 퍼졌다.

수술실 옆 회복실을 거쳐 일반 병실로 옮겨지는데 남편이 다가와 말을 건넸다.

"장인어른께 전화를 드렸는데…."

‘장인어른’이라는 단어는 마취제보다 힘이 셌다. 나른하고 몽롱하게 어딘가를 헤매던 정신이 순식간에 제자리로 돌아왔다.

“뭐라셔?”

아이가 태어난 시각은 밤 9시 30분. 이 시각이면 아버지는 99퍼센트 확률로 술을 드시고 계실 것 같았다.

“음… 왜 오밤중에 애를 낳느냐고 하시는데.”

“……”

기가 막혔다. 누군들 오밤중에 애를 낳고 싶어서 낳겠냐고. 남들 부모는 뛰어서라도 올 것 같은 이 순간에 대체…. 평생 미워한 아버지였다. 이 밤에 달려온다고 해도 말렸을 테지만 굳이 사위에게 그런 말을 하셔야 했을까. 오밤중이고 뭐고 상관없이 달려와준 시댁 식구들만 곁에 있었다. 소변줄을 꽂고 누운 채 그들을 바라봤다. 돌아가신 어머니도 살아 계신 아버지도, 다 내 편은 아닌 것 같았다.

다음 날 아침. 11시쯤 아버지가 병원에 왔다. 아침에 눈을 뜨니 애를 낳았다는 사위의 말이 문득 떠올랐고 꿈인지 아닌지 헷갈려 사위에게 전화를 거셨단다. 그러고 오전 11시에 오셨으니 당신 나름으로는 굉장히 서두르신 듯도 싶었다. 하지만 그 상황에 내 입에서 말이 곱게 나갈 리가 없었다. 문을 열고 들어오실 때부터 한껏 모른 체하다, '왜 오밤중에 애를 낳느냐'고 했던 건 기억하시느냐고 물었다.

"설마 그런 말을 했겠니…."

아버지는 말끝을 흐리며 고개를 돌리셨다. 벌떡 일어나 병실 밖으로 나가버리고 싶었지만 안타깝게도 하반신 마취가 아직 풀리지 않은 상태였다. 애꿎은 천장만 노려보며 누워 있었다. 평생 우리 사이에 존재했던 그 어색한 침묵이 다시 찾아와 병실을 가득 메웠다.

"밥은 먹었냐?"

오랜 침묵 끝에 아버지는 그 말 한마디를 꺼내셨다. 본인 깐에는 고심 끝에 내놓은 말씀이었으리라. 하지만 난 그 한마디에 눌러 담았던 것들이 완전히 폭발해버렸다.

"어제 수술했는데 어떻게 벌써 밥을 먹어요! 말도 안 되는 소리 좀 그만해요!"

제왕절개는 배를 가로로 째고 아이를 꺼낸 후 다시 봉합하는 수술이다. 웃음, 울음, 재채기, 고함, 이런 흔한 행위들에 배 근육이 얼마나 많이 사용되는지를 나는 제왕절개를 통해 배웠다. 울컥 화가 치솟아 나도 모르게 몸을 약간 일으켰고, 그 덕분에 배에 힘이 들어갔고, 소리를 지르면서는 전날 봉합한 그 부위가 다시 찢어지는 듯한 통증을 느꼈다. "악악" 악을 쓰다 "윽" 하며 배를 움켜쥐고 제 풀에 누워버리는 딸을, 아버지는 그저 가만히 바라볼 뿐이었다.

냉장고가 하는 말

◇◇◇◇◇◇◇◇◇◇

산후조리원에서 퇴원한 때는 12월 24일 아침이었다. 크리스마스이브를 말 그대로 뜬눈으로 꼬박 새우고, 내가 낳은 것이 사람이 되기는 하는 것인지 의아해하며 크리스마스를 보냈다. 산타클로스든 루돌프든 뭐라도 와주기를 간절히 바랐다. 누구든 등장해 이 아이를 네 시간만 재워준다면 영혼쯤은 줄 수 있을 것 같았다. 조리원에서 나온 지 고작 하루 만에, 세상을 보는 눈도 달라졌다. 모든 인류가 그저 경이로웠다고 할까. 이 과정을 거쳐 어른이 된 사람들이 지구를 뒤덮고 있다니, 생각할수록 놀라운 세상이었다.

임신 기간 내내 출산 후를 걱정했다. 몸조리도 해야 하고 누군가의 도움도 필요하다는데, 출산 후의 나에게 도움을 줄 친정 식구는 없었다. 고민 끝에 돈을 쓰고 전문가의 도움을 받자고 결심하고 산후도우미 서비스를 신청했다. 도우미님이 오시기로 약속한 12월 26일 아침 9시, 현관 벨이 울리기가 무섭게 다다다 뛰어가 문을 열었다. 내 반사 신경이 그토록 빠른 줄 그날 처음 알았다. 그리고 한 시간여 동안, 그분 품에 아이를 맡기고 맘 편히 앉아 밥을 먹으며 이런저런 수다를 떨었다. 아침밥을 제때에 먹을 수 있다니, 대화를 하며 밥을 먹는 게 가능하다니…. 전문가의 전문성에 감탄하며 평화로운 시간이 흐르던 중, 산후도우미님이 뜬금없이 물으셨다.

"친정어머니 안 계시죠?"

의아했다. 이 평화 어디에서 그런 낌새를 발견하셨을까. 지나간 대화를 잠시 돌아보다 최대한 별일 아니라는 듯 답했다.

"네. 고1 때 돌아가셨어요. 어떻게 아셨어요?"

"어우, 냉장고 보면 딱 알아요."

냉장고? 그분 시선을 따라 멍하니 냉장고를 바라봤다. 결혼할 때 한껏 욕심 내 사버린 900리터짜리 냉장고는 거의 비어 있는 상태였다. 시어머니가 주신 냄비 두 개 말고 뭐가 있었지, 한참을 생각했지만 딱히 떠오르는 게 없었다. 냄비 하나에는 미역국이 가득했고 다른 냄비에는 족발을 우려낸 육수가 들어 있었다. 모두 젖이 잘 돌게 한다는 음식들이었고 내가 먹어야 아이가 먹을 젖이 잘 나온다기에 의무감을 가지고 챙겨 먹고 있었다. 그 냉장고 어디에서 '부재'를 보셨을까.

"친정어머니 계시는 집은 제가 들어갈 때부터 보통 같이 계세요. 산후도우미가 어떤 사람인지 궁금하니까. 어머니가 같이 안 계셔도 냉장고 열어보면 딱 알죠. 보통 꽉꽉 차 있어요. 불고기, 잡채가 있는 집도 있고, 과일이 가득 들어 있는 집도 있고. 딸내미 좋아하는 음식들로 채워두시거든요."

아…. 말문이 막혔다. 전문가다운 눈썰미였다. 남의 집 냉장고를 열어본 일이 없던 나는 냉장고에 그런 이야기까지 들어 있을 거라 짐작조차 못 했다. 사람살이는 결국 먹는 것으로 이어질 테고 자연히 식재료를 가득 담고 있는 냉장고가 이런저런 사연을 그대로 품고 있겠구나, 처음으로 깨달았다.

도우미님은 족발 육수에 대한 해석도 덧붙이셨다.

"모유 잘 나오라고 족발 우려내서 산모한테 주는 집이 요즘도 있긴 한데, 친정엄마들은 이거 잘 안 해줘요. 시댁에서 해주면 먹이긴 해도…. 그게 칼로리가 엄청 높다더라고요. 요즘 산모들은 애 낳고 나면 다들 살 뺀다고 난리니까, 친정엄마들은 젖 안 돌면 그러려니 하고 분유 먹이라고 하죠. 임신 기간 동안 찐 살, 하루라도 빨리 빼라고 운동도 하라고 하고요."

어머니가 돌아가신 지 10여 년. 고등학생 때는 훌쩍이며 잠든 날도 많았지만 시간이 흐르면서 그리움마저 무뎌지고 있었다. 그럼에도 아이를 낳고 나서는 매일 어머니가 생각났다. 나는 어렸을 때 어땠을까, 어머니도 나를 이렇게 키웠을까, 나는 언제까지 모유를 먹었을까, 어머니는 모유가 잘 나왔을까…. 이런 대화를 어머니와 너무 나누고 싶었다. 그런 와중에 훅 들어온 어머니에 대한 이야기는 잔뜩 지쳐 있던 날 무너뜨리기에 충분했다. 냉장고 따위가 빈자리를 티 내고 있다니, 생각하지 않으려 얼마나 애를 썼는데…. 눈물이 핑 돌아 더 이상 말을 잇지 못하고 고개만 숙였다. 산후도우미님은 그런 내 어깨를 가만히 어루만져주셨고, 나는 만난 지 고작 한 시간 남짓 된 그분의 품에서 엉엉 소리 내어 울어버렸다.

첫 만남에서 질질 짜고 마음의 벽이 허물어져서일까, 매일 아침 꽤나 간절히 그분을 기다렸다. "아이가 이만 할 땐 다들 힘들어요" "엄마가 지치지 않고 밥 잘 먹으면 이 시기도 잘 지나가요" 하는 이야기를 들으면, 고민들을 내려놓고 힘을 낼 수 있었다. 9시부터 오후 6시까지 아이도 돌봐주셨기에 없던 힘도 마구 날 수밖에 없었다.

산후도우미님은 딸 때문에 이 일을 시작했다고 하셨다. 딸이 어릴 때 일하느라 할머니 손에 맡겼는데, 그때 잘 돌봐주지 못한 것이 늘 미안했다고. 그래서 따님이 자라는 내내 "네가 낳은 아이는 내가 키워준다"라고 약속을 했고, 대학을 졸업한 딸이 연애를 시작하면서 본격적인 준비에 돌입했다. 이왕이면 전문성을 갖추고 싶어 산후도우미 교육을 받고 실습 겸 일을 하시는 상황이었다. 아직 딸이 결혼도 안 했는데 미리부터 손주를 기다리며 준비하는 외할머니. 그 이야기를 들으며 얼굴도 모르는 그 집 딸이 부러웠다. 생판 남인 내 마음까지 헤아려주는 분이니 딸과 손주에겐 얼마나 애틋하실까.

산후도우미님과 보낼 수 있는 시간은 2주였다. 갓난아기와 함께 있는 매 시간은 몹시 더디게 흘러갔지만, 하루하루 시간 덩어리들은 붙잡힐세라 휙휙 지나갔다. 마침내 마지막 날, 산후도우미님은 내 손을 꼭 잡으며 인사를 해주었다.

"자식이 잘 살면, 하늘에 계시는 어머니도 안심하실 거예요."

이전까지의 나는 누가 저런 말을 하면 "에이, 어떻게 아세요?" 하며 웃어버리는 쪽에 가까웠다. 하지만 이때는 달랐다. 산후우울증의 여파인지 정이 잔뜩 들어버려서인지, 그만 눈물이 뚝뚝 떨어졌다. 그 손을 힘주어 붙잡으며 무슨 말이든 하려 했지만 한 마디도 할 수가 없을 만큼 목이 메고 말았다. 여자 어른의 손을 이렇게 힘주어 잡아본 적이 언제였나. 그 손의 온기가 사라지는 것이 싫었다. 산후도우미님은 첫 만남 때처럼 내 등을 쓸어주었고 같이 울어도 주었다.

"아기도 감정이 있어요. 엄마가 울면 아기도 슬픔을

느껴요."

살면서 참 여러 번 그 말을 떠올렸다. 아이 옆에 누워 훌쩍이다가도 그 말이 떠올라 울음을 삼킨 적도 많다. 그렇게 9년이 지나갔다. 팔뚝만 했던 아기는 초등학생이 되었고, 아이의 시간만큼 내 삶도 흘렀다.

꽤 긴 시간이 지났음에도 가끔 그분의 메신저 프로필 사진을 엿본다. 사진을 통해 어여쁜 따님의 결혼식도 봤고 출산 소식도 알게 됐다. 사진 속 아이는 하루하루 꾸준히 자라고 있다. 따뜻했던 그 손이, 지금은 이 아이를 만지고 씻기고 먹이고 있겠구나 생각하면 마음 한구석이 따스해진다. 그러곤 간절히 바란다. 평화, 웃음, 건강, 행복, 모든 좋은 단어들이 그들 곁에 머물기를….

다시는 맛볼 수 없는

◇◇◇◇◇◇◇◇◇◇◇◇

"대체 육아는 언제 끝나는 거니?"

고등학생 자녀를 둔 회사 선배의 푸념에 나는 격하게 동조하며 고개를 끄덕였다. 선배는 그런 나를 보며 "이제 시작인데 왜 그래" 하고 웃었지만, 난 도무지 마주 웃을 수가 없었다. 내 아이는 돌도 지나지 않은 상황. 그야말로 육아 대장정을 이어나가는 중이었다.

출산 후 7개월간 모유 수유를 했다. 분유 값이라도 아껴보자 싶었다. 세 시간마다 회사 화장실에 앉아 유축기로 모유를 짜내고, 짜낸 모유를 회사 냉동실에 넣어 얼려서는 퇴근 때 챙겨 집 냉동실로 옮겨 넣으며 생활했다. 몸에서 애만 꺼내고 나면 커피든 맥주든 다 들이부을 수 있을 거라 상상했는데, 상상은 상상일 뿐이었다. 수유를 하니 가려야 하는 음식들은 여전히 많았다. 매운 음식도, 카페인 음료도 먹어서는 안 됐다. 좀 더 건강한 젖을 생산하기 위해 건강한 음식들을 먹으려 노력했다. 조개미역국, 소고기미역국, 이런 미역국, 저런 미역국, 또 미역국. 매일 풀을 뜯어 먹는 젖소를 생각했다. 젖소는 어떻게 풀만 먹을 수 있을까, 질릴 때는 뭘 먹을까, 아무리 젖소로 태어났다 하더라도 새로운 것이 먹고 싶은 날은 없을까. 진지하게 이런 생각을 하며 소처럼 회사를 다니던 무렵, 강렬하게 먹고 싶은 음식이 떠올랐다. 굳이 이름을 붙이자면 돼지고기케첩볶음 정도 될까. 어린 시절 집밥 반찬이었다.

어렸을 때 나는 매운 음식을 전혀 먹지 못했다. 찌개류도 먹지 않았고 채소는 오이 정도만 씹어 삼킬 수 있었다. 풀 맛과 매운 맛이 혀끝에 닿으면 뱉어냈던 엄청난 편식쟁이였다. 주변에서 편식이 심하다고 한소리씩 할 때마다 어머니가 나서서 "크면 다 먹게 된다"고 말씀하셨기에, 편식을 나의 특징 중 하나라 여기기도 했다. 다 잘 먹는 사람이 있듯 다 가리는 사람도 있다고 생각하며 자랐다. 그런 딸에게 어머니가 자주 만들어주신 것이 돼지고기케첩볶음이었다. 장조림처럼 퍽퍽하고 네모난 돼지고기에 케첩 맛이 새콤달콤 감돌았던, 빨갛지만 맵지 않고 단 음식. 국물이 주르륵 흐르지 않고 밥에 비벼 먹기 알맞게 진득하던 그 질감. 정말이지 먹고 싶었다.

어머니를 닮아 요리 솜씨가 있었다면 처음부터 시도해봤겠지만 그런 능력이 내겐 없었다. 이미 숱한 경험 끝에, 신이 나에겐 요리 능력을 아예 주지 않았음을 받아들인 상태였다. 먹고 싶은 건 사 먹는 게 나았다. 그 음식을 찾아 헤맸다. 배달 식당부터 온·오프라인 반찬 가게까지, 시간이 날 때마다 뒤졌지만 '이거다' 하는 메뉴가 없었다. 2~3주쯤 계속 생각나는데 먹을 수가 없으니 점점 더 집착하게 됐다. '먹고 싶다'가 아니라 '먹어야만' 살 것 같았다.

결국 용기를 냈다. 까짓것 한번 만들어보자 싶었다. 만드는 법을 물어볼 사람은 없었기에 인터넷 바다를 떠돌아다녔다. 돼지고기, 케첩 등을 주재료로 검색하니 정말 '돼지고기케첩볶음'이라는, 두루치기 비슷한 형태의 음식들이 나왔다. 완성 사진만으로도 기억 속 음식과 많이 달랐지만 시도나마 해보고 싶었다. 고춧가루나 고추장이 들어가는 레시피는 모두 빼고 몇 가지를 추려내 정리했다. 드디어 D-day, 퇴근길에 정육점에 들러 비장하게 돼지고기 안심을 샀다.

아이를 재우면서 기절하듯 잠에 빠지던 나날이었다. 아이를 재운 후 요리를 한다는 건 엄청난 각오가 필요한 일이었지만 먹고 싶다는 열망이 그만큼 컸다. 레시피를 읽고 또 읽으며, 정량대로 재료들을 맞춰 넣기 위해 계량비커와 저울까지 꺼냈다. 일단 시키는 대로 양념을 만들어 고기를 재웠다가, 프라이팬에 기름을 두르고 고기를 살짝 익혔다. 그러고는 시키는 대로 만들어둔, 케첩이 들어간 소스를 주욱 부었다.

케첩이 바글바글 끓어오르는 순간 향기도 피어올랐다. 코에 닿은 그 향기는 뇌 어디론가 번져가 기억 하나를 불러왔다. 어린 시절의 한 장면. 동그란 밥상에 수저를 놓고 있을 때였다. 아버지는 밥상 옆에 모로 누워 주무시고 있고, 수저를 놓던 나는 케첩 향을 맡고는 부엌으로 달려간다. 가스레인지 앞에 서 있는 어머니의 뒷모습.

돼지고기케첩볶음을 만들고 계신다. 어머니 뒤에 딱 달라붙어 "와, 맛있겠다" 외치는 나.

한참을 멍하니 있다, 케첩이 눌어붙지 않도록 프라이팬 안을 휘휘 저었다. 냄새 하나 맡았을 뿐인데 어쩌자고 이런 장면이 떠오르는 걸까. 불을 끄고 천천히 숨을 들이마시고 내뱉었다. 슬픔을 굳이 또 끄집어내서 들여다볼 필요는 없다. 감정이든 기억이든 집중하면 눈물이 날 테고, 눈물을 흘려봤자 바뀌는 건 없으니까. 울고 싶지 않았다. 완성된 듯 보이는 눈앞의 돼지고기케첩볶음 한 조각을 입에 넣고 꿀꺽 삼켰다. 시큼하고 달고 짠, 요상한 맛이 나는 요리. 역시나, 실패였다.

요즘도 가끔 모락모락 김이 나는 빠알간 그 반찬이 떠오른다. 하지만 더 이상 무모한 도전은 하지 않는다. 먹고 싶다는 이 욕구가 단순한 식욕이 아님을 이제는 알기 때문이다. 채워질 수 없는 허기일 뿐.

그저 그리웠던 것 같다. 차려주는 밥을 맛있게만 먹으면 되던 그 시절이, 나를 위해 음식을 해주던 그 사람이. 다시는 돌아갈 수 없고, 다시는 만날 수도 없고, 다시는 그 음식을 맛볼 수도 없음을, 이제는 안다.

평생의 감시자

◇◇◇◇◇◇◇◇◇◇

감시 대상 1호. 기억에 남아 있는 대부분의 순간에 나는 아버지의 감시자로 존재했다. 친척들이 모이는 명절이나 누군가의 잔치 등 다른 이들이 함께하는 자리에 아버지와 참석하면 언제나 아버지를 지켜보기 바빴다. 술을 얼마나 드셨는지, 취한 정도나 감정이 어떤지 등을 내나름의 잣대로 파악하려 애썼다. 아버지 목소리가 커지거나 몸이 휘청이는 기미가 보이면 도끼눈을 뜨고 노려봤다. 큰 사고는 치지 않기를, 남들 눈에 '이상한 사람'으로 보이지 않기를 바라며 끊임없이 주시했다.

본격적으로 결혼 과정에 돌입하면서 이 감시는 더욱 살벌해졌다. 우리 가족뿐 아니라 시댁 친척과 회사 사람까지 함께하는 자리들에서 아버지가 제발 큰 실수는 하지 않기를 바라고 또 바랐다. 결혼하면 '어른'이 된다고 하던데 어른이 되는 과정은 만만치 않았다. 상견례, 결혼식, 돌잔치 등 내가 주최자가 되어 준비하는 행사들. 거기에 아버지가 흠이 되지 않기만을 염원했다.

　　상견례 때는 시부모님이 오시기 직전까지 수차례 당부했다. 시아버지가 권해도 절대로 술을 드시지 말고 이야기도 많이 나누지 말라고 말이다. 결혼식에서는 아버지를 배제하려 머리를 굴렸다. 신랑신부 동시 입장을 계획했다고 아버지께 말씀드렸다. 그때까지 대부분의 문제에 "네가 알아서 해라" 하시던 아버지가 이 부분에서는 의외로 강경하게 나와서 당황했다. 결혼식에서 딸의 손을 잡고 입장하겠다는 의지가 너무나 확고했다. 결국 아버지 손을 잡고 입장하는 것으로 마음을 바꿔 먹고는 효도한 것이라 생각했다. 돌잔치에서도 아이보다는 아버지를 지켜보느라 바빴다. 그렇게 돌잔치까지 '무사히' 마쳤을 땐 진심으로 안도했다. 양쪽 가족이 함께하는 공식 행사는 돌잔치가 마지막이었기에, 세 가지 큰 행사를 별 탈 없이 마무리했다는 사실만으로도 엄청나게 후련했다. 내가 아버지를 잘 단속해서 별일이 없었던 것이라 확신했다. 이 행사들에서 나는 아버지에게 끝도 없이 잔소리를 했고, 술을 안 마셨다고 하면 의심했고, 안 취했다고 해도 믿지 않았다. 뿌리 깊은 불신이었다. 오래되고 거대한 뿌리에 휘감겨 있던 나는, 당시 아버지의 감정 같은 것은 생각할 겨를이 없었다.

아버지는 내 아이가 두 살 무렵일 때 단주를 선언하셨다. 꿈에 조상님들이 나와 "술 더 먹으면 너 데려간다" 하시는데 정말 무서우셨다고 한다. 이후 아버지는 정신과를 다니며 항갈망제 등을 드셨고 단주 약속을 지키며 생활하셨다.

그즈음의 일이다. 보험 명의를 변경할 일이 생겨 하루 연차를 내고 아버지를 만났다. 아버지와 밖에서 만난 것이 얼마 만인지 기억조차 나질 않았다. 같이 보험사에 가서 명의 변경을 한 뒤, 미리 찾아뒀던 근처 식당으로 가 밥을 먹었다.

식당을 나서는 길, 문득 아버지의 걸음걸이가 이상하

다는 느낌이 들었다. 다리를 다친 적도 없는데 절룩이며 걷고 계셨다.

"아빠, 왜 이렇게 걸어요? 다리 아파?"

"아니, 아픈 건 아니고…. 나이 들어 그런가. 다리가 이러네."

앉아 계신 아버지를 지켜본 적은 많았어도 길을 걸어가는 아버지를 관찰하는 것은 처음이었다. 내가 멈춰 서서 가만히 지켜보니 아버지는 똑바로 걸을 수 있다고 하며 다리에 힘을 주고 걸으셨다. 그럼에도 뭔가 어색했다.

아버지를 배웅하고 오빠에게 전화를 걸었다. 상의 끝에 일단 정형외과 검진을 예약했지만 오빠도 나도 정형외과 쪽 문제는 아닐 거라 생각했다. 역시나 정형외과에서는 아버지를 신경외과로 보냈고, 아버지는 뇌 MRI 검사를 받았다.

아버지의 지난 삶을 돌아보건대 결과가 좋지는 않을 것이란 '촉'이 왔다. 문제가 있다 해도 부디 큰 것은 아니기를 바라며 결과를 기다렸다. 결과가 나오는 날, 아버지는 홀로 병원에 가셨다. 진료 예약 시각에서 한 시간쯤 흘렀을 때 아버지에게서 전화가 왔다. 목소리는 나쁘지 않았다.

"결과 어떻대요, 무슨 문제 없대요?"

"아무 문제 없단다. 깨끗하단다."

어떤 병이든 시작됐을 것이라는 짐작에 온갖 검색을 해보고 있던 나는 그제서야 안도했다.

"다행이다, 아빠."

"……."

아무 말이 없었다. 그런데도 나는 눈치 없이 신나게 떠들어댔다.

"평생 그렇게 술을 마시고도 별 탈 없는 거 보면, 아빠 몸도 진짜 대단한 것 같아요. 그치?"

"……."

"아빠, 여보세요, 여보세요?"

"…그래."

목소리가 잠겨 있었다.

"아빠, 울어?"

"아니다."

"왜 울어? 뭐 안 좋은데 숨기는 거야?"

"아니. 깨~끗하다는데 괜히 이러네."

"아, 아빠도 무서웠구나. 아빠가 생각해도 문제가 있을 것 같았지? 우리도 그랬는데, 진짜 다행이에요."

"그러게…."

다리를 절룩이는 건 운동이 부족해서라고, 꼬박꼬박 산책이라도 하면 점점 나아질 거라고 의사 선생님이 말씀하셨다기에 잔뜩 잔소리를 덧붙이며 전화를 끊었다.

"아빠, 거봐. 만날 TV 보고 누워 있고 하니까 그렇잖아. 이제 술도 안 드시니까 매일 광합성 좀 해요."

검진 결과를 모두가 궁금해하고 있었기에, 아버지는 가족 모두에게 전화를 돌리셨다. 삼촌과 고모, 오빠와 나는 아버지의 말을 곧이곧대로 믿었다. 우리가 아는 아버지는, 내가 본 아버지는, 철저히 자신만을 생각했고 병원비 등 금전적인 것에 관심도 없었으며 다른 사람의 입장 따위를 고려하는 사람이 아니었다. 그랬기에 가족의 마음을 걱정해 검사 결과를 숨기는 일 같은 것을 하리라고는 누구도 생각하지 않았다. 그리고 1년여 후, 아버지는 절뚝거리며 길을 걷다 휘청 쓰러져 바닥에 머리를 부딪혔다.

아버지가 길에서 넘어져 정신을 잃었고 병원으로 이

송 중이라는 119 구급대원의 전화를 받았을 때, 나는 술을 의심했다. 몇 년을 독하게 끊으시더니 우리 몰래 또 손을 댔구나. 또 시작됐구나. 응급실에 가서도 그 이야기를 의사에게 했고, 정신이 오락가락한 채 누워 있는 아버지를 붙잡고도 여러 차례 물었다.

"아빠, 술 드셨어요?"

아버지는 아니라고 했지만 믿지 않았다. 진심으로 믿지 않았다. 혈액검사 결과가 나오고서야 받아들였다. 알코올 성분은 검출되지 않았다. 그럼 왜 넘어지신 거지? 그제야 온갖 검사가 시작됐다. 그리고 알게 됐다. 아버지의 뇌는 이미 알코올에 심하게 손상된 상태였고, 좌뇌 우뇌의 불균형이 심해 몸의 균형조차 제대로 잡을 수 없는 상황이었다. 그럼 전에 했던 검사는? 설마…. 1년 전쯤 아버지가 검사를 받은 대학병원으로 찾아가 결과를 확인했다. 당시 검사와 이번 검사의 결과는 크게 다르지 않았다. 아버지가 가족 모두를 속인 것이었다.

할 말이 없었다. 나의 감시는 대체 무엇을 위한 것이었을까. 무엇을 보려고 그토록 아버지를 지켜본 것일까. 그렇게 지켜보면서도 중요한 것은 다 놓쳐버린 감시였다.

나는 보고 싶은 것만 봤을 뿐이었다. 좁디좁은 시야로, 남 앞에서 실수를 하는지에만 온 정신을 쏟고 있었다. 아버지의 몸이 어떤 상태인지, 어떤 형태로 기울어가고 있는지는 전혀 눈에 들어오지 않았다. 그리고 아버지는 그 모든 자리에서 나의 시선을 고스란히 참아내셨다. 그때 기분이 어떠셨을까. 지금도 잘 모르겠다.

옷장 정리를 하다가

◇◇◇◇◇◇◇◇◇◇◇◇

"꼭 술집 가시나처럼 하고 다니노."

대학생 때, 학교를 가려 집을 나서면 아버지가 자주 던지시던 말이다. "다녀오겠습니다"에 대한 어른의 대답으로는 꽤나 격한 것이었기에 늘 기분이 상해 집을 나섰다. 나는 야한 옷을 즐겨 입을 자신감 같은 건 없는 평범한 학생이었다. 보통은 한 귀로 듣고 한 귀로 흘리며 나서곤 했지만 하루는 왠지 욱해서 멈춰 섰다. 구두에 발을 욱여넣고 그대로 돌아서서 "뭐가요?" 하고 되물었다. 이른 아침, 한번 싸워보자 싶었다.

"니 머리를 봐라. 귀고리는 그게 뭐고? 치마는?"

진심으로 화를 내는 아버지를 따라 스스로도 차림새를 살펴봤다. 검은색 긴 파마머리, 큰 링 귀고리, 무릎 위로 5센티쯤 올라오는 치마 길이. 아무리 봐도 뭐가 문제인지 와 닿지가 않았다. 심지어 성인이 된 대학생에게 옷차림 지적이라니….

"요즘은 다 이렇게 입고 다녀요."

"내 젊을 때는 술집 애들이나 그렇게 입고 다녔다. 느그 엄마도 봤으면 저게 뭐고 했을 거다."

명백히 선을 넘는 도발이었다. 엄마를 소환하다니…. 와 하고 대거리를 하려다 그냥 한숨을 내뱉었다. '학교나 가야지 싸워서 뭐하나, 말해봤자 입만 아프지' 하며 돌아섰다. 화난 마음 그대로 문을 열어젖히고 온 힘을 실어 '쾅' 닫으려는데, 그 틈새로 목소리가 따라 나왔다.

"학교고 뭐고 옷이나 똑바로 입고 다녀라."

늘 이런 식이었다. 아버지가 내 차림새를 칭찬하는 걸 들은 기억이 없다. 면바지에 니트 티를 입어도 목 부분이 'V'로 파여 있으면 "찌찌 다 내놓고 다닌다"고 한소리, 좀 짧은 치마라도 입으면 "똥꼬만 가리고 다닌다"고 한소리였다. 대학 다니는 내내 그런 이야기를 듣다 보니 점점 무뎌졌다. 나중엔 뭐라고 하시든 별로 신경 쓰지 않게 되었다.

아버지가 병원에 입원하신 후 병문안을 갈 때면 늘 화사하게 입으려 애를 썼다. 병원에 들어설 때마다 무채색 세상으로 입장하는 느낌이었기 때문이다. 하얀 병원 건물, 하얀 이불, 얼굴이 창백한 환자들, 은색 식판, 은색 링거대…. 그곳에 또 무채색을 더하진 않으리라, 나라도 바깥의 생기를 전해보겠다 생각하며 옷을 골라 입었다.

그날 입은 옷은 '신상'이었다. 봄만 되면 왠지 강렬한 무늬 원피스가 사고 싶어지는 탓에 질러버린, 알록달록한 프린트의 원피스. 평일에 배송이 왔지만 용기가 없어 못 입다가 주말 문병길에 '에라, 입어보자' 했다. 입고 나서자마자 여섯 살배기 아들이 "엄마, 옷이 이상해" 하고 감상을 던졌다.

병원에 가서 아버지한테 물었다.

"아빠, 이 옷 이상해?"

대개 안부를 주고받고 나면 어색한 침묵만 이어지다 보니 그저 아무 말이나 던지곤 하던 나였다. 내 물음에 아버지는 천천히 나를 훑어보셨다. 이게 뭐라고, 살짝 긴장이 됐다.

"……다."

"뭐라고?"

잘 들리지 않아 아버지 입 가까이로 귀를 가져다 댔다.

"예… 쁘다."

난생처음 아버지에게서 예쁘단 말을 들었다. 그 순간 이상하게도 눈물이 핑 돌았다. '못났다'는 말을 너무 많이 듣고 자라 서러웠던 걸까. 안 하던 말을 더듬더듬 이어가는 아버지가 낯설게 보여서였을까. 갑자기 솟아오른 눈물을 들키지 않으려 "예쁘다고요? 와, 아빠가 처음으로 예쁘다고 했다"라며 호들갑을 떨었다.

얼마 전 옷장 정리를 하다가 그 원피스가 눈에 들어왔다. 출퇴근이나 동네 마실, 그 어느 용도에도 속하지 못하는 옷을 한참 바라봤다. 아버지에게 예쁘다는 말을 듣고는 꽤 오랫동안 병원에 갈 때마다 입었는데 이젠 문병 갈 일이 없네. 더 이상 입을 용기도 생기지 않을 것 같아 버리는 옷 쪽으로 원피스를 툭 내려뒀다.

옷장 앞에 있으니 문득 고등학생 때 일이 떠올랐다. 어머니가 돌아가시고 집 정리를 하면서 어머니의 핸드폰을 내 방으로 가져다 놓았다. 지금은 음성 인식으로 많은 일을 할 수 있지만 1990년대의 핸드폰 음성 인식 기능은 '전화번호부 검색'에만 한정되어 있었다. 전화번호 목록 중 자주 쓰는 것을 골라 음성으로 저장해두었다가 음성 인식 버튼을 누르고 말을 하면 해당 번호가 검색되어 나온다. 그때 통화 버튼을 누르면 연결되는 시스템이다.

어머니가 쓰시던 핸드폰에 저장된 내 이름은 당연한 얘기지만 '딸'이었다. 장례를 치르고 한동안은 밤마다 핸드폰 음성 재생 버튼을 꾹꾹 눌러댔다. "딸" 하는, 어머니의 녹음된 목소리가 캄캄한 방에 울려 퍼지면 목이 메어 대답도 잘 하지 못했다. 눈물 콧물 다 흘려대며 훌쩍였다. 조용한 공간에 "딸" 하는 소리가 울리는 것은 잠시뿐, 누르기를 멈추면 아무 소리도 나지 않았다. 왜 더 말을 안 해…. 그게 서운해 또 한참을 울어대다 잠들곤 했다.

고2가 되고 나름대로 심기일전해 성적이 꽤 올랐던 날. 시험을 잘 치든 못 치든 내 성적에 관심 있는 사람은 아무도 없었기에 혼자 속상해하며 엄마 핸드폰을 꺼냈다. "딸" 하고 부르는 목소리를 들으며 혼잣말을 했다. 입

밖으로 중얼거리기엔 민망하니 머릿속으로만 조용히 읊조렸다.

'엄마, 나 오늘 모의고사 쳤는데….'

'…….'

손가락을 멈추면 사방이 조용해졌다. 다시 "딸" 하는 엄마 목소리를 듣기 위해 버튼을 눌러대며 '성적이 되게 잘 나왔어' 하고 울었다. 하고 싶은 말은 "공부 열심히 했는데 칭찬해줘" 같은 것이었지만, 말이 되어 나오는 소리는 없었다. 그저 꺽꺽대며 울 뿐.

그런 밤들이 쌓이고 쌓이면서 어느덧 어머니의 핸드폰은 방 한구석에 방치되었다. 밤마다 꺼내 들던 핸드폰을 충전기째 옷장으로 넣었고, 그 후로도 많은 날이 흘렀다. 고등학교를 졸업하고 대학생이 되었고, 대학교를 졸업하고 직장인이 되었다. 직장을 구하고 자취집으로 옮기려 이삿짐을 싸다가 그 핸드폰을 켜보았다. 한참을 충전하고 전원까지 켰는데, 이것저것 아무리 눌러봐도 어떻게 목소리를 들었는지가 떠오르질 않았다. 씨름 끝에 다시 방치. 아버지 집 옷장 안에 핸드폰을 그대로 두고 이사를 나왔다. 몇 년 뒤 결혼을 앞두고 아버지가 한 번 더 방 정리를 하라고 하셔서서 집에 들렀다가 그 핸드폰을 다시 만났다. 여기저기서 옛 핸드폰을 기증받던 시기였기에, 잠시 망설이다 '다 짐인데 버리자' 하며 어디론가 기증해버렸다.

그날 밤부터 지금까지, 그 핸드폰을 버린 걸 두고두고 후회해왔다. 인터넷에서 사용법이라도 찾아서 켜볼걸. 사용법을 잊었다고 그 귀한 걸 왜 버렸을까 하는 후회가 날이 갈수록 커졌다. 사는 건 만만치 않았고, 힘들 때마다 "딸" 하고 불러주는 그 목소리가 얼마나 듣고 싶었는지 모른다.

버릴 옷을 쌓아둔 옷더미, 그 위에 떨어뜨려둔 원피스를 다시 봤다. 이 원피스도 나중에 문득 그리워지면 어쩌지. 기억이 점점 흐릿해져 무늬도 기억나지 않으면 더 아쉽지 않을까. 나중에 버려도 늦지 않을 것 같았다. 원피스를 집어 다시 옷장 안으로 넣었다.

2부

때론,
슬퍼집니다

왜 아빠 같은 사람이랑 결혼했어?

◇◇◇◇◇◇◇◇◇◇◇

어머니는 1953년 경북 청도에서 태어났다. 운문사 곁, 넓은 강을 끼고 자리한 시골 마을. 30여 가구가 모여 살아 옆집도 뒷집도 앞집도 속속들이 사정을 아는, 그런 작은 마을에서 어머니는 나고 자랐다. 어머니의 할아버지는 마을에서 손꼽힐 만큼 재산이 많았다고 한다. 온 마을 사람들이 집으로 와 농사일을 거들었고 점심때가 되면 마당 가득 모여 앉아 밥을 먹었다는 이야기를 여러 번 들었다.

어머니 위로는 오빠가 둘 있었다. 유복한 집안에서 두

아들 다음으로 태어난 딸. "공주처럼 자랐다"는 어머니의 말은 지금 상상해봐도 어느 정도는 사실이었을 것 같다. 그 말 뒤로는 "나는 발에 흙도 안 묻히고 컸어"라는 말이 이어지곤 했다. 학교에 갈 때든 마실을 갈 때든 머슴들이나 오빠들이 업고 다녀서 신발에 흙 묻을 새가 없었다는 어머니의 어린 시절. 그 시골에 살면서 설마 흙조차 안 묻히고 자랐겠는가만은, 어쨌거나 어머니는 그 이야기를 여러 번 하셨다.

어머니의 이름 끝 자는 '우(雨)'였다. 오빠들과 똑같은 돌림자. 보통은 아들 이름에만 쓰는, 족보에 새겨진 항렬자였다. 30년 후 태어난 나도 항렬자를 받지 못했던 걸 보면, 족보의 글자를 딸 이름에 넣은 건 당시로서는 꽤 파격적인 선택이었을지도 모르겠다. 어머니는 이름 이야기가 나올 때마다 남자 같은 이름이라 출석을 부를 때 부끄러웠다고 하면서도 '족보에 있는 돌림자'라고 강조하셨다.

공주처럼 자란 어머니였지만, 시간이 흐르면서 가세는 점점 기울었다. 어머니의 아버지는 4녀 1남 중 1남을 맡은 귀하디귀한 외동아들이었고 그야말로 금지옥엽 귀하게만 살았다. 든든한 재산에 기대어 술, 도박 등을 즐겼고 가정에는 딱히 관심을 기울이지 않았다. 밖으로만 도는 아버지 탓에 삼남매는 점점 가난해졌다. 첫째 아들만 대학에 진학했고 둘째 아들과 막내딸은 실업계 고등학교에 입학했다. 고향 마을을 떠나 큰 도시인 대구에 머물게 된 것은 어머니가 중학생 때부터였다. 어머니의 고모가 대구에 살고 계셨고, 시골에서 성적이 좋은 편이었던 어머니는 고모 댁에서 지내며 당시 가장 잘 나가던 여상에 진학하는 것으로 공부를 마쳤다.

내가 중학생 때였나, 엄마에게 "왜 대학을 안 갔어?" 하고 물어본 적이 있다. 공부를 잘했다고 본인 입으로 워낙 여러 번 이야기를 하신 터라 순수한 호기심으로 물어본 건데 엄마의 대답은 "그땐 다 그랬어"라는 말로 급하게 마무리됐다. 그 이야기를 할 때 어머니의 표정은 슬펐던가. 잘 기억나지 않는다. 어쨌거나 여상을 졸업한 어머니는 경리로 사회생활을 시작했다. 작은 개인 사무실을 거쳐 화장품 대리점 경리로 일하며 생활을 꾸려갔다.

그 화장품 대리점. 어쩌면 모든 문제는 그곳에서 시작된 것인지도 모르겠다. 이 대리점에서 어머니는 인생 변화에 결정적 계기를 제공하는 사람을 만났다. 정 여사님, 바로 나의 할머니다. 화장품 방문 판매원으로 대리점을 드나들던 정 여사님은 어머니를 며느릿감으로 점찍어놓고는 갖은 공을 들였다. 나에게 타임머신이 생긴다면 이 시기로 가서 할머니를 만나고 싶다. "제발 그것만은 안 돼요" 하며 할머니를 말리고 싶다. 아니, "결혼만은 안 됩니다" 외치며 어머니를 말려야 하나. 어쨌든 할머니는 건너건너 아는 사람이라며 어머니에게 선 자리를 주선했고, 어머니를 불러낸 그 자리에 본인의 3남 2녀 중 장남인 아버지를 내보냈다. 이제 와 돌이켜보면 할머니의 사람 보는 눈은 정확했는지도 모르겠다. 어머니는 '맏며느리'라는 단어가 주는 전통적인 이미지에 참으로 잘 어울리는 사람이었다. 포용적이었고 온화했고 잘 웃었고 화도 잘 내지 않았다.

나는 내내 궁금했다. 이런 사람이 어쩌다 내 아버지 같은 사람과 결혼까지 하게 된 것일까.

"대체 왜 아빠 같은 사람이랑 결혼했어?"

진지하게 물어볼 때마다 어머니는 "그때는 멀쩡해 보였어"라거나 "뭐에 씌었나 보지" 같은 애매한 대답을 했

다. 구체적인 정보는 하나도 없는 문장들. '그때는'이라
며 과거형으로 한정 짓거나 '뭐에 씌었나' 하며 귀신 탓
을 하는 식이었다.

두 사람은 1980년 결혼식을 올리고 아버지의 일자리
를 따라 부산으로 거처를 옮겼다. 그러고 1981년에 오빠
를, 1983년에 나를 낳았다. 일자리가 있든 없든 아버지의
삶은 꾸준히 술 위에서 휘청댔고, 어머니의 삶 역시 함께
흔들렸다.

좋은 사람은 일찍 떠나는가

◇◇◇◇◇◇◇◇◇◇◇◇

　공주 대접을 받던 어머니 인생의 본격적인 어려움은 결혼과 함께 시작됐다. 남매는 자라났고 남편은 술에 빠졌다. 돈 없이 살기 어려웠으나 돈을 벌어오는 사람은 없었다. 여기저기 도움을 구해야 할 만큼 형편이 어려워졌고, 자식들 밥을 굶기지 않기 위해 외가 식구들에게 손을 벌려야 했다. 외할머니가 한 해 동안 쉬지 않고 일군 논밭의 수확물들이 돈으로 바뀌었고, 그 돈 대부분이 어머니에게 보내져 왔다. 외삼촌도 삼촌들도 힘을 보탰지만, 형편은 좀처럼 나아지지 않았다. 어머니 역시 과일 가게,

분식집, 보험, 다단계 등 이런저런 일들을 거치며 애를 썼으나, 일관성 있게도 그 모두가 잘 풀리지 않았다.

초등학생 때 어머니의 통화를 엿들었던 기억이 난다. 고향에 살 적부터 가장 친한 친구라던 '옥이 이모'. 어머니가 그토록 오래 통화를 하는 대상은 그 이모밖에 없었기에, 나는 대화를 엿듣는 게 재미있었다. 휴대폰도 없던 시절이라 집에서 통화를 하면 듣고 싶지 않아도 그 내용이 다 들렸다. 내가 엿듣고 있다는 걸 눈치 챌 때마다 어머니는 목소리를 줄였다. 속닥속닥. 하지만 집은 참 좁았고 목소리는 방문 너머로도 다 전해졌다. 내용보다는 어머니의 목소리 톤이 흥미로웠다. 가족이나 지인들을 대할 때와는 사뭇 다른 말투였기에 절로 집중이 됐다.

시간이 흐르고 내가 자라면서, 집 전화가 울리면 내가 받는 경우가 많아졌다. 친척들 전화는 바로 어머니를 바꿔드렸지만 옥이 이모 전화는 어머니가 미리 알려주신 대로 대답하고 끊곤 했다.

"엄마 지금 안 계시는데요. 언제 오실지 모르겠어요."

옥이 이모라면 누구보다 오래 속삭이며 통화하던 엄마였는데 왜 이젠 거짓말까지 시키며 피하는 걸까? 몇 번은 전화를 끊고 나서 물었다.

"왜 안 받아?"

어머니는 "그냥, 바빠서"라고 했지만 딱히 바빠 보이지는 않았다. 그 후로도 수차례 거짓말을 이어갔고, 내 거짓말이 반복되는 만큼 옥이 이모가 전화하는 일도 줄었다.

옥이 이모의 삶은 엄마에게 늘 한마디로 축약되곤 했다.

"얘는 잘 산다."

울산인가 마산인가 어느 동네 큰 아파트에 산다는 옥이 이모. 어머니와 나고 자란 과거의 터전은 가까웠으나, 살아가는 현재의 터전이 너무나 멀어진 친구. 오랜 친구의 전화를 피할 수밖에 없었던 어머니 마음은 어떤 것이었을까.

어머니와 목욕탕에 다니던 기억도 난다. 주말마다 같이 목욕탕에 가면 어머니는 늘 체중을 쟀다. 사뭇 심각하게 체중계를 노려보는 어머니를 보며 당시 꼬꼬마였던 나는 "뚱뚱해"라며 놀려대곤 했다. 그때마다 어머니는 진지한 표정으로 강조했다.

"다 너네 키우느라 이렇게 된 거야."

그쯤에서 물러날 꼬꼬마가 아니었기에 "엄마가 많이 먹어서 그런 거야" 하고 계속 놀렸다. 모유 수유로 늘어진 가슴은 엄청나게 거대해 보였고, 불룩 나온 배 위에 세로로 진하게 새겨진 제왕절개 수술 자국은 어린 눈에도 고통스러워 보였다. 그 무렵 목욕탕에는 어머니와 비슷한 흉터를 배에 새긴 사람들이 종종 보였다. 그때마다 어머니 손을 잡고 흔들었다.

"엄마, 저 사람도 수술했나 봐."

이렇게 속삭이면 어머니는 "부끄러워한다. 쳐다보지 마"라며 나를 혼냈다. 20여 년이 흘러 나 역시 제왕절개 수술 자국을 배에 새기게 됐고, 이때의 어머니 마음도 짐작할 수 있게 됐다. 아랫배에 세로로 길게 이어졌던 어머니의 수술 자국과는 달리, 나는 팬티 아래로 감춰질 만한 자리에 연한 가로줄 자국을 갖게 됐다. 의학의 발전은 놀라웠지만 부끄러운 건 똑같았다. 그 가로줄이 연해지기까지 몇 년 동안 목욕탕에 가면 수건으로 배를 가리고 다녔고, 남이 쳐다보는 것만 같아 부끄러웠다. 하나 더, "뚱뚱해"라고 놀렸던 당시 어머니 몸무게와 지금 내 몸무게는 안타깝게도 똑같다.

어머니가 화를 내는 모습은 별로 본 적이 없다. 나에게든 다른 누구에게든 그랬다. 어머니의 언성이 높아지는 유일한 기폭제는 아버지였다. 그나마도 악다구니를 쓰는 일은 없었고 대부분 "으이구"에서 끝났다. 옆에서 지켜보며 늘 어머니가 졌다고 여겼을 만큼, 싸울 줄도 모르는 분이었다.

중학생 때 어느 날, 친구들과 놀다가 저녁 시간이 다 되어서야 집으로 돌아왔다. 문을 여는데 안에서 시끄러운 소리가 났다. 신발도 벗지 못한 채 안을 들여다봤다. 아버지가 술에 취한 채 깨진 병을 들고 서 있었고, 그 앞 바닥에 쓰러지듯 주저앉은 어머니가 보였다. 어머니 얼굴에선 피가 뚝뚝 흐르고 있었다. 예상치 못한 장면을 갑자기 마주하면 현실감이 사라진단 걸 그때 알았다. 눈앞의 광경이 영화 속 한 장면 같았다. 술에 취해도 폭력적이지는 않았던 아버지의 '폭발'. 나는 현관에 붙어 선 채 들어가지도 나가지도 못하고 있었고, 아버지 역시 피를 보고는 얼어붙어 움직이지 못했다. 그때 움직인 것은 어머니였다. 수건으로 귀를 감싸고 겉옷을 입고 지갑을 챙겼다. 수건이 빨갛게 물들어가는 그 와중에 오빠와 나를 데리고 집을 나선 어머니는, 우리한테 놀이터에 있으라며 돈을 주고는 몸을 돌렸다.

"엄마는?"

"병원 갔다 올게."

"혼자?"

"응. 같이 가도 부끄럽기만 하지."

두려움에 덜덜 떨며 해질녘 놀이터에 앉아 있었던 오빠와 나. 얼마 후 귀에 붕대를 칭칭 감고 나타난 어머니는 망설임 없이 우리를 데리고 집으로 들어섰다. 아버지는 잠들어 있었다. 아버지가 무서워 집으로 들어올 용기도 내지 못했던 우리는, 코를 골며 주무시는 아버지 앞에서 할 말을 잃었다. 어머니는 "얼른 자자"며 이불을 깔았다. 너무나 평온하고 단호하게. 어머니가 아무 일도 없는 듯 행동했기에, 우리는 그 기세에 눌려 아무 말도 못 하고 자리에 누웠다. 떨리는 마음을 품어주듯 이불 속은 따뜻했다. 그렇게 스르르 잠이 들었다.

어머니는 그런 사람이었다. 화낼 줄도, 싸울 줄도 모르는 사람. 남들에게 아쉬운 소리도 잘 못 하던 사람. 보험 영업을 배워도 팔지를 못했고, 다단계 일을 할 땐 삼촌이 "형수님이 사달라고 해서 깜짝 놀랐다"고 말하던 그 런 사람. 암에 걸렸을 때 주변에서 아버지를 탓하면 "그 냥 팔자야"라고 말하던 사람. 장례식에 모였던 사람들이 "너무 좋은 사람이라 하느님이 먼저 데려가셨다"는 말을 했던 사람. 열일곱 살이 듣기에도 허무맹랑한 소리였지 만, 어머니가 좋은 사람이라는 것만은 맞는 말이었다.

마흔일곱, 열일곱

◇◇◇◇◇◇◇◇◇◇◇

1999년. 어머니가 47세, 내가 17세 되던 해. 세기말이던 그해는 여러모로 끔찍했던 기억으로 남아 있다.

부산에서 대구로 이사를 했다. 부산에서 아버지의 무직 상태가 길어지고 있었기에, 보다 못한 큰삼촌이 팔을 걷어붙였다. 당시 할머니를 모시고 대구에 살았던 삼촌은 그 근처에 우리의 거처를 마련해주었다. 부산에서 살던 집의 보증금으로는 턱없을 집. 나머지는 삼촌 돈을 보탰다. 덕분에 처음으로 아파트라는 곳에서 살게 됐다. 삼촌은 인맥을 총동원해 아버지의 직장을 구해주었고 어머니에게도 집 근처 병원의 간병인 자리를 알아봐주었다. 나는 익숙한 학교와 친구를 떠나야 하는 슬픔보다는 새 생활에 대한 기대가 컸다. 아파트에 살면서 부모님 모두 일을 하시면 대학 입학금 걱정 같은 건 안 해도 될 거라고 생각했다. 난생처음 갖게 된 내 방, 내 침대가 너무 좋아 신이 났다. 하지만 어머니는 달랐다. 삼촌의 도움으로 마련한 집에 있으니 "얹혀사는 것 같아 마음이 불편하다"고 하셨다. 이해하기 어려웠다. '다 한 가족인데 뭐 어때, 앞으로 잘 살면 되는 거잖아' 하는 마음이었다.

눈앞에 보이는 것 같았던 분홍빛 미래, 그것이 완전한 흙빛으로 변하는 데는 채 한 달이 걸리지 않았다. 간병인으로 일을 시작하려던 어머니는 건강검진을 받았고 그 과정에서 유방암이 발견됐다. 말기라고 했다. 대구에도 분명 꽃이 피고 봄바람이 불었을 텐데 그 도시에서 맞이한 3월은 정말 지독히도 추웠다.

어머니는 우리 학교에 와서 담임선생님을 만났다. "대구로 이사를 왔으니 적응을 도와달라" 같은 말을 할 줄 알았던 나는, "엄마가 말기 암 선고를 받아 애가 힘들어한다. 잘 좀 보살펴달라"는 이야기를 했다는 걸 듣고는 마구 화를 냈다. "그런 이야기를 뭐하러 해!" 소리 질렀다. 불쌍해 보이고 싶지 않았다. 어머니의 마음을 헤아릴 그릇 같은 건 없는 아이였다. 그리고 그런 당부가 무색하게도 그해 학교생활은 엉망이었다. 이사 후 첫 시험에서 등수가 뚝 떨어졌다. 등수에 적힌 숫자가 학급 인원만큼 커질 수 있다는 걸 새삼스레 깨달았다.

그리고 이어진 어머니의 암 수술. 수술이란 병을 치료하는 과정이 아니라 남은 생의 기간을 알려주는 것임을 알게 됐다. 수술 전엔 명확하지 않았던 '남은 시간'이 수술 후엔 나왔다. 길어봤자 6개월이라고 했다. 어머니의 남은 시간이 6개월? 말도 안 되는 소리라고 생각했다.

수술 전과 후, 어머니의 생활은 큰 차이가 없어 보였다. 내가 느낀 가장 큰 차이는 목욕탕 정도일까. 주말마다 가시던 목욕탕을 더는 가지 않고 대신 집에서 샤워를 하셨다. 하루는 샤워 중이던 어머니가 나를 불렀다. 등 좀 밀어달라고. 처음 겪어보는 낯선 상황이었지만 마다할 이유는 없었다. 어머니는 욕조 안에 앉아 있었다. 등 뒤로 내미시는 때밀이 수건을 손에 끼고 엉거주춤 어머니의 한쪽 어깨를 잡았다. 그리고 등을 밀려던 순간, 수술 자국이 눈에 들어왔다.

유방암 수술에 대해 상상은 했지만 눈으로 보는 건 또 다른 느낌이었다. 무슨 단어로 표현해야 할까. 그냥, 처참했다. 열일곱 해를 여자로 살며 2차 성징까지 거친 상태였지만 여자의 가슴에 대해 진지하게 생각해본 적은 없었다. 봉긋하게 솟아오른 두 개의 가슴이 있어야 할 자리, 그중 하나가 빈 것이 시각적으로 큰 충격을 준다는 것에 놀랐다. 단순히 '빈자리'의 느낌이 아니었다. 도려 내버린 느낌이라고 하면 정확할까. 수술 후 브래지어를 못 입겠다던 말도, 날이 더워지고 있음에도 티셔츠 위에 늘 두꺼운 조끼를 입으시던 것도, 그제야 다 이해가 됐다. 어머니는 팔로 가슴 쪽을 가리려 애쓰는 듯 보였지만 위쪽에서 바라보는 내 시선에선 안타깝게도 다 보였다. 말문이 막힌 채 그저 등을 밀었다.

처음엔 눈물이 차올랐다. 감추려고만 하는 어머니도, 이 모습을 상상조차 해보지 못했던 스스로도 그냥 다 슬펐다. 하지만 등을 밀면 밀수록, 누구를 향한 것인지 모를 분노가 마구 차올랐다. 화가 났다. '누가 이딴 걸 수술이라고 해놓은 건데? 왜 하필 우리 엄마가 병에 걸린 거야? 엄마가 뭘 잘못했다고 이렇게까지 괴롭히는 건데? 받아들이는 것 말고는 정말 방법이 없는 거야?' 이 상황을 해결하기는커녕 화를 어떻게 풀어내야 할지도 몰라 쩔쩔매는 스스로에게도 화가 났다.

수술이 뭔가? 병을 치료하기 위해 몸에 칼을 대는 거 아닌가. 병을 치료하지도 못했으면서, 이 상태로 마무리를 해두면 환자는 무엇을 느껴야 하는 걸까. 그 비인간적임에 진저리가 났다. 수술 후 환자의 기분 따위는 고려하지 않는 건가. 암 앞에서, 기분이니 생활의 질 따위를 찾고 있는 내가 너무 어린 걸까. 겉모습이라도 수술 전과 같아야 한순간이라도 병을 잊을 수 있는 것 아닐까. 온갖 생각이 이어져 머리가 아플 지경이었지만, 말로 내뱉을 수 있는 건 한 마디도 없었다. 나는 어머니의 수술 자국을 못 본 체했다. 그 후론 어머니를 볼 때마다 어머니의 가슴이 떠올랐고, 슬퍼지고 화가 났다.

이후 어머니는 점점 기력이 떨어져 결국 입원을 하셨다. 아마도 집으로 다시 돌아오시진 못하리라고, 친척들이 말했다. 아버지는 몇 달 안 다닌 새 직장에 사표를 내고 어머니 병간호를 시작하셨다. 나는 학교를 오가며 어머니 문병을 다녔다. 이 무렵엔 만날 때마다 안 좋아지고 있음을 피부로 느낄 수 있었다. 식사를 못 하고, 황달이 시작되고, 야위어갔다. 그리고 복수가 차올랐다. 배가 점점 커져 이불을 덮고 있어도 불룩 튀어나온 배가 느껴졌고, 몇 마디 길게 하시지 않아도 숨이 가빠 보였다. 어머니 컨디션이 급속도로 나빠지는 날엔 아버지가 안구운동을 시키곤 하셨다. 문병 온 사람들이 알려줬다며, 두 번째 손가락을 펴서 어머니 눈앞에 두고는 손의 움직임을 따라 안구를 움직여보라고 하셨다. 아버지 손이 어머니 얼굴 앞에서 빙빙 돌면 어머니 눈동자도 그걸 따라갔다. 아버지의 믿음에 따르면 그 안구 움직임이 잘 되지 않는 것이 죽음이 임박했다는 신호라고 했다. 웬 쓸데없는 짓인가 싶었지만, 그럼에도 집에 나 혼자 있을 때면 눈앞에서 손가락을 빙빙 돌려보곤 했다. '이 간단한 걸 못 하게 된다고? 어머니도 잘 하셨잖아. 죽음은 아직 멀었어.' 믿고 싶을 때마다 손가락을 펼쳐 눈앞에서 빙빙 돌렸다.

밤 10시쯤 초인종이 울렸다. 그날은 병원에 계시던 아버지가 집에 온 날이었다. 계속되는 병원 생활로 아버지

컨디션도 엉망이었기에, 집에서 편히 주무시라며 고모가 교대를 해주었다. 아버지가 초인종 소리를 듣고 문을 열었다. 병원에 있어야 할 고모가 문 앞에 서 있었다. 고모는 왜 아무도 전화를 받지 않느냐며 병원으로 빨리 가자고 했다. 고모 차를 타고 병원에 도착하니, 병실은 의사와 간호사들로 꽉 차 있었다.

아버지는 병실로 들어서자마자 어머니를 붙잡고 그 안구운동을 시작했다. 어머니는 손가락을 따라 눈동자를 움직이다가, 손가락이 채 한 바퀴를 돌기도 전에 힘에 부친 듯 스르르 눈을 감았다. 그 간단한 걸 해내지 못하는 걸 보니 겁이 덜컥 났다. 호흡도 불안정했다. 아버지는 어머니에게 부산에서 오빠가 오고 있다는 이야기를 계속 하셨다. 조금만 더 기다렸다 떠나라는 듯이. 나는 정말 궁금했다. 오빠를 기다릴 수 있을 만큼 조절할 수 있는 죽음이라면, 더 뒤로, 뒤로 미룰 수는 없는 걸까. 의지로 붙잡을 수 있는 생명이라면, 더 오래 힘껏 붙잡고 있으면 안 되는 걸까.

어쨌거나 어머니는 버텼다. 오빠가 올 때까지. 오빠가 병실로 들어서며 소리 내서 우는 걸 보고, 나는 뒷걸음질

쳐 병실을 벗어났다. 보고 있기가 힘겨웠고, 어디로든 도 망치고 싶었던 것도 같다. 간호사가 따라 나오더니 말했 다. 마지막 순간까지 청각은 살아 있다고, 인사라도 건네 라고. 그러면서 나를 다시 안으로 이끌었다. 무슨 인사? 잘 가요, 고마웠어요, 미안했어요…?

아무 말도 못 했다. 인사를 하고 싶지 않았다. 정말 작 별인사가 될 것만 같아서, 그 어떤 말도 함부로 꺼낼 수 가 없었다. 하지만 무슨 말이라도 해야 할 것 같았고, 고 작 꺼낸 말은 "지금은 아니야" "아직 안 돼" 같은 것들이 었다. 정말, 간절했다.

죽음. 이 병실에서 밤새 우리가 기다리고 있는 것이 그저 죽음뿐이라는 사실이 가장 싫었다. 살아나길 기도 하는 것도 아니고, 다 같이 모여 죽음을 기다리고 있다 니…. 달아날 수 있다면 달아나고도 싶었다. 하지만 기계 는 '삐–' 울렸고, 간호사가 다가와 어머니의 얼굴을 이불 로 덮었다.

살아남아 미안해요

◇◇◇◇◇◇◇◇◇◇◇

어머니가 세상을 떠나신 시간은 동이 터오는 새벽녘이었다. 빈소에 멍하니 앉아 바라보니 다들 분주히 움직이고 있었다. 마치 이 순간을 기다리기라도 한 듯 자연스럽게 착착 진행되는 병원 시스템에 환멸이 올라왔다. 난 내가 느끼는 감정이 어떤 건지도 모르는 상태인데, 다들 뭔가를 이야기했다. 몇 시에 입관을 하고, 며칠에 발인을 하고, 꽃은 어쩌고 식사가 어쩌고…. 슬픔과 애도에 절차가 있다는 것이 못마땅했지만, 못마땅함을 티 낼 수도 없었다.

빈소에 앉아 있다 늦은 밤에 집으로 돌아왔다. 밤새 빈소를 지키는 건 아버지와 오빠의 몫이었고, 딸인 나는 집에서 자는 것이 낫겠다는 말을 듣고 친척들과 함께 귀가했다. 고작 하루였는데 돌아온 집은 이상하게 낯설었다.

"안녕히 주무세요."

친척들에게 인사를 하고 방으로 들어섰다. "같이 잘래?" 누군가 물었지만 고개를 가로젓고 침대에 누웠다. 그 밤, 꿈을 꿨다. 평소 도깨비에 대한 그 어떤 생각도 없었건만 꿈 내내 도깨비들이 나타났다. 한두 마리의 얼굴이 들고 날 때는 설핏 잠이 들었던 것도 같다. 시야가 까매지고 조금 뒤면 도깨비들이 떼로 몰려왔다. 저 멀리서 구름처럼 뭉쳐서 다가오는 게 보이면 일단 뛰었다. 달리고 달리다 숨이 턱에 차오르면 정신이 번쩍 들었다. 여긴 어디지? 내 방? 아, 어머니가 돌아가셨지.

친척들이 다들 "내일은 피곤할 테니 푹 자라"고 말했고, 나 역시 푹 자보려 엄청나게 노력했지만 밤새 도깨비들이 나를 가만두지 않았다. 요즘도 궁금하다. 왜 하필 도깨비였을까. 내 무의식엔 대체 무엇이 있기에 도깨비가 나온 걸까.

어른들은 연락하고픈 친구에게 소식을 알리라고 하셨지만 나는 아무에게도 연락하지 않았다. 상복을 입은 모습을 보이고 싶지 않았고, 친한 친구들 앞에서 눈물을 흘리고 싶지도 않았다. 하지만 담임선생님께는 연락을 드려야 했다. '울지 말아야지' 다짐하며 몇 번이나 심호흡을 하고 전화를 걸었다.

　"선생님, 어머니가 돌아가셔서요…."

　입 밖으로 이 말을 꺼낸 것은 그때가 처음이었다. 생각만 하던 문장을 말로 뱉으면 그 순간 그것이 진짜 현실임을 받아들이게 되는 걸까. 말을 하고는 완전히 무너져 내렸다. 바닥에 쪼그리고 앉아 전화기를 붙잡고 엉엉 울었다. 선생님은 가만히 듣고만 있었다. 결석에 대해 말해야 했는데 그럴 정신이 없었다. 다만 그런 와중에도 "반 애들한테는 말하지 말아주세요" 하고 덧붙였다. 선생님이 당황하시는 게 전화기 너머로도 느껴졌다. "학교를 안 오는데, 애들한테는 뭐라고 하니?" 물으셨던가. "가출 같은 거라도…. 그렇게라도 좀 해주세요" 하며 또 울었다. 센 척하고 싶은 자의식으로 뭉쳐 있던 고등학생에게 어머니의 죽음이란 그저 숨기고 싶은 것이었다. 아무도 만나고 싶지 않았다. 선생님은 반장과 부반장을 데리고 빈소에 왔다. 반장과 부반장은 슬프게도 울었고 나는 담담히 그들을 달래줬다. 장례식 내내 그리고 그 이후로 한동안은, 미친 듯 울다가 울지 않으려 애쓰기를 반복하며 시간을 보냈다.

빈소에 앉아 있던 때부터 밥이 잘 넘어가질 않았다. 밥상 앞에 앉아 숟가락으로 밥을 뜨고 입안으로 넣는, 그런 행위를 반복하는 스스로에게 혐오감을 느꼈다.

'너 혼자 살겠다고 뭘 먹으려는 거야?'

나를 다그쳤다. 뭘 먹으려고 하면 입관 때 본 어머니의 잿빛 얼굴이 떠오르기도 했다. 꼬르륵 배고픔을 느끼는 스스로에게도 화가 났다. 그럼에도 식욕은 사그라들지 않아서 과자들을 뜯어 먹기 시작했다. 그때쯤엔 친척들이 억지로라도 먹어야 한다며 지켜보셨기에 꾸역꾸역 밥을 먹을 때도 있었다. 굶다가 먹다가를 반복하던 어느 순간부터는 밥을 먹고 나면 바로 설사를 했다. 장염이었다. 덕분에 며칠을 굶어야 했고, 그 며칠이 지나고서는 누가 시키지 않아도 밥을 먹게 됐다.

'고작 이 정도의 슬픔이구나.'

죽을 만큼 슬프다고 생각했는데 배고픔은 여전했고 소화력도 여전했다. 엄마는 뭐라도 좀 드셨을까. 나만 이렇게 밥을 먹어도 되나. 그런 생각들을 하며 밥을 삼키며 지냈는데 이번엔 배에 엄청난 통증이 왔다. 길을 가던 중 허리를 펴기가 힘들 만큼 배가 아파 주저앉았고, 기다시피 집으로 와 통증이 가라앉길 기다렸다가 혼자 병원을 찾아갔다.

'드디어 뭔가 엄청난 병이 내게도 왔구나.'

어머니의 죽음을 잘 극복해낼 생각 같은 건 애초에 없었다. 버티다 보면 어떻게든 되겠지 생각했다. 어떻게 시간을 보내야 하는지 몰랐기에 그저 버티던 그 무렵, 통증은 신호처럼 느껴졌다. 이 슬픔에 어울리는 어떤 병이 내게 오리라 상상했다. 병명은, 변비였다. 약국에서 변비약을 받아 나오며 '마음이 이렇게 아파도 몸뚱이는 고장 나지 않는구나' 하고 깊이 깨달았다. 고작 장염과 변비라니…. 그럭저럭 버티고 있는 몸처럼 마음도 적응을 해야 했지만 스스로가 그것을 거부하고 있었다. 어머니가 없는 상황에 조금씩 익숙해지면서도 그걸 부정하려 안간힘을 썼다. 절대 적응하지 않을 거야, 평생 슬퍼할 거야,

하는 듯이.

웃는 것에 죄책감을 느끼기도 했다. 어머니는 고통 속
에 떠났는데 나는 잘 살아가는 게 죄스러웠다. 즐겁게 잘
웃고 다니는 나를 누군가 보면 슬픔을 잊었다고 생각할
것만 같았다. "어머니도 네가 잘 살길 바라실 거야" "네
가 슬퍼하면 어머니도 슬퍼하실 거야" 같은 말을 하는
어른을 만나는 게 가장 싫었다. 나보다 어머니를 모르는
사람들이 다 안다는 듯 말하는 게 꼴 보기 싫었다.

한편으로는 좀 더 슬퍼 보이고 싶어 하는 이상한 치기
가 있었던 것도 같다. 깔깔 잘도 웃는 여고생들 틈에 끼
어서 '슬픔을 아는 자' 정도로 스스로를 정의하고 있었
다. 너희는 밝고 즐겁지만 난 좀 다르지, 진짜 슬픔을 알
거든, 너희는 어려. 그런 '경험 있는 자'로서의 이상한 특
권 의식(?)이 내게 있음을 깨달았을 때는 내가 정말 한심
하게 느껴졌다. 그걸 깨닫고는 좀 더 잘 웃으려 애를 쓰
기도 했다. 과하게 슬픔을 끌고 다니다 그것을 과하게 웃
음으로 덮으려 하는, 극단적인 가식을 오가며 학교생활
을 했다.

이 무렵 느낀 변화 하나는 더 이상 학교에서 알람이 울

려도 놀라지 않는다는 것이었다. 어머니가 돌아가시기 전에는 뭔가 공지하는 학교 방송 알람이 울리면 심장이 덜컹 내려앉곤 했다. 수업 중 누군가 문을 두드려도 마찬가지였다. 심장이 쿵 하고, 손을 덜덜 떨며 핸드폰을 확인하고, 놀란 나를 누가 눈치 챈 건 아닐까 하며 주변을 살피곤 했었다. 두려웠다. 내가 학교에 있는 동안 어머니가 세상을 떠나는 것이 두려웠고, 누가 그 사실을 알리려 나를 찾아올까 봐 겁이 났다.

어떤 영화에서 남주인공이 학교에서 아버지의 부고를 접하고는 가방을 메고 나가던 모습이 선명하게 머리에 남아 있었다. 그 장면에서 반 아이들이 조용히 그를 바라봤듯이 현실 속 주목받는 주인공이 내가 될까 봐 걱정하며 학교를 다녔다. 그러나 어머니가 돌아가신 뒤에는 알람이 울려도 그러려니 하게 됐다. 어차피 나는 아니야, 내 순서는 끝났어 하며 안도하는 나를 봤다.

집에 새 컴퓨터와 새 청소기가 생겼다. 사망보험금 덕분이었다. 아버지가 그토록 적극적으로 필요한 거 없느냐고 물어보는 건 정말 처음 봤다. 새 컴퓨터를 처음 켤 때, 새 청소기를 만질 때는 몹시 마음이 불편했다. 죽음으로 얻은 편리였으니까. 어머니의 죽음이 전자기기로 치환된 듯한 끔찍한 느낌이 들었고, 그것을 사용하려는 자신에게도 환멸을 느꼈다. 하지만 시간이 흐르면서 차차 별생각이 없어졌다. 그렇게 어머니의 부재에 익숙해져갔다.

어머니의 장례식 내내 나는 한 사람을 기다렸다. 외할머니였다. 외할아버지는 이미 세상에 안 계셨으니 외할머니라도 오시기를 바랐다. 이 장례식에서 나만큼 슬플 사람은 오직 외할머니밖에 없다고 생각했다. 외가 식구들이 모두 다녀갔지만 외할머니는 끝내 오지 않으셔서, 언제 오시냐고 아버지께 여쭤봤다. 안 오신다고 했다. 아랫사람 장례식에 윗사람은 오지 않는 거라고, 다 자란 자식의 장례식에 부모는 참석하지 않는 것이라고 하셨다.

장례를 치르고 나서 아버지와 오빠와 함께 외할머니를 찾아뵈었다. 여전히 정겨운 시골 마을, 여전히 다정한 할머니는 급하게 뛰어나와 우리를 맞아주셨다. 구부정한 할머니의 등. 할머니는 몇 시간 내내 단 한 번도 고개를 들지 않고 오열하셨다. 잠시 진정했다가도 나와 오빠를 보면 다시 우셨다. 나 역시 고개를 들 수가 없었다.

'우리만 살아남아버렸어요. 죄송해요.'

내가 어머니를 잡아먹어버린 것 같은, 근원을 알 수 없는 깊은 죄책감을 느꼈다. 그건 분명 죄책감이었다. 아버지의 무책임함이 어머니의 병을 키우는 환경이 됐고, 나는 그런 무책임한 아버지의 자식이었다. 작은 몸을 구부리고 끝도 없이 우시는 외할머니 앞에서, 살아 있는 우리의 존재가 그저 죄스러웠다.

그 후로 외가에는 발길을 끊다시피 했다. 아버지가 종종 외삼촌과 통화하고는 있었지만 내가 찾아가보지는 않았다. '할머니가 나를 보면 너무 슬퍼하셔서'인지, '내가 할머니를 보면 너무 슬프기 때문'인지, 혹은 둘 다인지 알 수 없었지만 매정하게 외면했다.

그러고 10여 년 후 외할머니마저 돌아가셨다. 아버지와 함께 참석한 장례식에서 울지 않을 거라 상상했던 나는 꽤나 많이 울었다. 자주 찾아뵀으면 좋았을 텐데, 그 슬픔의 시간들을 함께 넘길 수 있었다면 좋았을 텐데…. 내 상처를 마주하지 못해 할머니를 뵙지 않은 그 시간이 죄스럽고 아쉬워서 자꾸 눈물이 났다.

한편으론 궁금하기도 했다. 어머니와 외할머니는 만

나셨을까. 서로를 말없이 안아주고 계실까. 하늘나라가 있다고 간절히 믿고 싶어졌다. 그리고 그날, 외할머니 덕분에 오랜만에 어머니를 떠올렸다. 그동안 묻고 묻어뒀을 뿐, 참 많이 그리웠음을 새삼 알게 됐다. 그리움은 사라지는 것이 아니라 그저 묻어두는 것이구나. 어머니가 아주 많이 보고 싶었다.

가짜 약사와 알코올중독

◇◇◇◇◇◇◇◇◇◇

아버지는 1950년 경남 사천에서 태어났다. 동네 사람 대부분이 일가친척인 씨족 마을이었다. 아버지 위로 형제가 두 명 더 있었다고 들었지만 살아남은 것은 그 아래 오남매였다. 할머니의 말씀을 빌리자면 "그때는 사람이 쉽게 죽었다." 사람이 쉽게 죽는 시대를 거쳐 살아남은 아버지는 그렇게 장남이 되었다.

장남에게 공부를 시켜보려는 집안 어르신들의 성화로 아버지는 중학생 시절은 진주에서, 고등학교 시절은 서울에서 친척집을 전전하며 자랐다. 하지만 아버지는 공부에는 영 소질이 없었다. 고등학교를 졸업하고는 대학을 가지 않았고, 이후 친척들의 연줄을 타고 대구의 어느 작은 약국에서 일손을 돕는 것으로 사회생활을 시작했다. 그리고 도시에서 흥청망청 젊음을 즐겼다. 그 시절에 대해 직접 들은 말 중 기억나는 하나는 "깡패들이랑 술도 자주 마셨다"는 것. 앞뒤 없이 그런 소리를 하며 '잘 나갔던' 청춘에 대해 회상하곤 하셨다.

약국에서 일을 하며 약국 운영과 약에 대해 배웠으나 약사는 아니었던 아버지. 약사로 일하기엔 부산이 더 좋다는 이야기를 듣고 부산으로 이사를 했고, 할머니가 이끈 덕분에 덜컥 결혼도 해치웠다. 그러고는 몇 년의 경력을 믿고 본인 약국도 열어버렸다. 누군가의 약사 면허증을 빌려 등록을 해두고 약을 팔았다. 그러니까 아버지는 약국 '운영자'였고, 당연한 얘기지만 그런 식의 운영은 불법이었다.

그즈음 오빠와 내가 태어났다. 이쯤 되면 가장으로서의 무게를 짊어졌어야 할 것 같지만, 아버지는 그 모든 무게를 뒤로하고 또다시 청춘을 불살랐다. 어머니와 아르바이트생에게 약국을 맡겨두고 밤낮없이 마실을 다녔다. 약국 살림은 늘 적자였다. 처음 문을 열 때부터 적자였던 약국이었고 유지해나가는 데에도 돈은 계속 필요했다. 결국 아버지는 시골 땅까지 손을 댔고 그나마 남아 있던, 조상 대대로 이어져온 산과 밭이 아버지의 약국으로 흘러 들어갔다. 장남으로서의 자존심을 건 도전을 이즈음엔 정말 했어야 함에도 아버지는 꾸준히 나태했다.

그러다 어느 늦은 밤 귀갓길에 교통사고를 당했다. 무면허 음주운전자가 몰던 차에 만취한 아버지가 부딪힌 것. 몇 달간 입원해야 할 정도로 큰 사고였다. 온몸에 붕대를 감고 누운 아버지와 옆에서 한숨만 쉬던 어머니가 떠오른다. 아버지와 어머니는 그 무면허 음주운전자에게 별다른 보상도 받지 못했다. 그 사람 또한 가난했다. 갓난쟁이를 업고 병원으로 찾아와 무릎을 꿇고 우는 그의 부인을 보며 부모님은 아무 말도 못 하셨다. 이 사고를 수습하며 약국도 팔아 넘겼다.

남은 건 아무것도 없는 상황에, 배운 건 약국 일밖에 없는 아버지는 남의 약국에서 일을 시작했다. 지금의 내 나이 즈음이지 않았을까 싶다. 30대 후반에서 40대 초반에 빈손으로 남의 가게 직원이 된 것이다. 적응은 쉽지 않았을 것 같다. 심지어 본격 음주 생활을 즐기던 아버지였다. 출근을 제때 못하는 것은 물론이었고, 자존심을 굽혀가며 다른 이의 기분을 맞추는 일도 하지 못했다. 몇 년 일을 하다 그만두고, 몇 개월 일을 하다 그만두는 생활이 이어졌다. 의약분업으로 약국의 현장 상황 또한 시시각각 달라졌으므로, '진짜 약사도 아닌' 나이 든 아버지가 일자리를 구하는 것은 점점 더 힘들었으리라.

아버지가 일을 하다 그만두다 하는 동안 가족은 점점 더 가난해졌다. 그 와중에 오빠와 나는 커갔고 그에 따라 돈은 더 필요했지만 돈이 들어올 구멍은 없었다. 돌아보면 대체 무슨 돈으로 꾸준히 술을 샀는지 궁금할 지경이다. 어쨌든 아버지가 마시는 술의 양은 늘어만 갔고 급기야 대낮에도 술을 드시기 시작했다. 술이 깨면 두렵고 막막했던 걸까? 당시의 아버지는 제정신이기를 거부하는 사람 같았다. 취하면 헛소리를 하다 잠들었고, 잠에서 깨어나면 또 술을 마셨다. 하루를 술로 가득 채우며 세월을 보냈다.

진작 좀 그러시죠

◇◇◇◇◇◇◇◇◇◇◇◇

술로 세월을 보내던 아버지를 보다 못한 큰삼촌이 도움의 손길을 내밀었다. 삼촌은 우리 가족이 대구로 옮겨 살게 해주었다. 삼촌들 도움받는 걸 아버지는 놀랍도록 당연하게 여기는 편이었다. 어머니가 불편해하는 것과는 정반대로, 크게 미안해하거나 어려워하지 않았다.

"느그가 좀 해주면 되지."

삼촌들을 대하는 아버지의 태도였다. 아버지로서는 패잔병 같은 대구 '복귀'였다. 부산으로 떠날 때는 당당했겠지만 20여 년이 흘러 돌아올 때는 처량했다. 어쩌면 이즈음엔 잘 살아보리라 마음을 다잡으셨던 것 같다. 약국 일에 대한 미련을 버리고 공장 일이든 뭐든 해보겠다고 하셨으니까. 하지만 때아니게 어머니가 암 선고를 받았다.

원래 어머니와 아버지는 사이가 좋지 않았다. 싸우거나 피하거나 했던 것 같다. 중학생 무렵부터는 내가 어머니와 나란히 누워 잤고 아버지는 홀로 TV를 보며 술을 마셨다. 그런데 어머니가 투병을 시작하며 조금씩 달라졌다. 특히 입원을 하고 아버지가 간병을 하면서는 분위기가 사뭇 달랐다. 어머니의 지시에 따라 움직이는 아버지를 본 것은 그때가 처음이었다.

어머니가 돌아가신 후 아버지는 공장 인부, 주유소 직원, 경비원 등 여러 일을 거쳤다. 하지만 가는 곳마다 사람들과 마찰을 빚었다. 어디서든, 누구에게든 당신이 대접받기를 바랐기 때문이다. 나는 학창 시절 내내 아침이면 아버지의 출근을 걱정하며 등교를 했다. 출근 준비를 해야 할 시간인데 아버지가 늦장 부리거나 아예 누워 있는 모습을 몇 번 본 뒤로 두려움이 가시지 않았다. 한 번, 두 번 결근이 이어지다가 그대로 몇 개월을 내리 쉬기 일쑤였으니까. 출근할 곳이 있어도 술을 꾸준히 마시던 양

반이니, 출근할 곳이 없어지면 아예 낮이고 밤이고 술을 끼고 살았다. 그러다 마음을 다잡고 직장을 구하고 출퇴근을 하나 싶으면 또다시 불화. 2~3년 간격으로 그런 일상이 반복됐다.

그렇게 좋아하는 술을 모질게 끊어낸 적이 두 차례 있긴 했다. 처음 끊은 건 내가 스무 살 때였다. 알코올중독 전문병원에 3개월간 입원했는데 이때의 입원은 할머니와 삼촌에 의해 반강제로 이뤄졌다. 나는 그 3개월 동안 단 한 번도 아버지를 찾아가지 않았다. 대학 1학년 때라 아르바이트와 학업을 병행하느라 바빴고 주말에도 늘 시간이 없었다, 고 말하고 싶지만 다 핑계였다. 그런 병원에 입원한 아버지를 볼 자신도 없었고 보기도 싫었다. 퇴원을 하고 한동안 술을 안 마시던 아버지는 한두 해가 지나자 다시 술에 입을 댔고, 그러면서 같은 패턴의 반복이었다.

두 번째로 술을 끊은 건 2015년이었나, 내 아이가 두 살 무렵일 때였다. 당시 가족들은 거의 포기 상태였다. '저러다 가시겠구나' 생각했다. 그런데 아버지가 불현듯 단주 선언을 했다. 이때는 순전히 본인 의지로 정신과를 찾았고, 항갈망제 등을 드시며 생활했다.

당시 아버지를 담당했던 알코올 센터의 상담사는 여러 번 나에게 전화를 걸어 "따님의 적극적인 지지가 필요합니다"라고 말했다. 혼자 살면서 술을 매일 참는 것은 엄청난 의지가 필요하니 주변 사람들이 꾸준히 격려해줘야 한다는 거였다. 나도 웬만하면 아버지를 도와드리고 싶었다. 하지만 잘 되지 않았다. 매일 나쁜 말만 뱉어내던 입에서 갑자기 좋은 소리가 나올 리 없었다. 그럼에도 아버지는 잘 해냈다. 이때 술을 끊고 이후 돌아가시기 전까지 정말로 술을 입에 대지 않았다.

아버지의 생애를 돌아보면, 마지막 직업이라 할 수 있는 노인 일자리 사업이 특별한 기억으로 남아 있다. 보고서를 내라고 한다며 컴퓨터 앞에 한참을 구부정하게 앉아 독수리 타법으로 뭔가 치던 아버지. 핸드폰 문자도 잘 보내지 못하던 아버지의 낯선 모습이었다. 한 시간 이상 타자를 쳐야 A4 반 장이 겨우 채워졌다. 그러고 나면 어찌나 뿌듯해하시던지…. 그걸 전송하면서 "공무원 됐다"며 좋아하고, "진작 이렇게 살걸"이라고도 했다. 나는 말했다. "그러게, 진작 좀 이러시죠."

봄이 그렇게도 좋냐

◇◇◇◇◇◇◇◇◇◇

2016년 4월 어느 퇴근길, 아버지 번호로 전화가 왔다. 이 무렵 아버지와 나는 그 어느 때보다 '잘' 지내고 있었다. 가끔 통화했고 드물게 만났다. 이런저런 나의 가정사는 "잘 지내요" 한마디로 요약해 전달했고, 아버지는 하루를 술 대신 무엇으로 채웠는지 전해주시곤 했다. 나도 아버지도 날 선 말들은 서로 자제하며 부드럽게 지내던 시기다.

그럼에도 퇴근 시각의 전화는 처음 울리는 순간부터 불길했다. 보통은 출근 후 오전이나 점심시간이 지난 오후에 연락하던 아버지였다. 받았더니 낯선 목소리가 들렸다. "119 구급대원입니다."

아버지는 동대구역에서 기차를 타려던 중이었다. 서울로 문상 가는 길. 플랫폼에서 걸어가다 휘청 넘어졌고, 그대로 바닥에 머리를 부딪히고 의식을 잃으셨다. 주변에 있던 누군가 119를 불러서 출동 후 이송하는 중이었고, 출혈은 없으나 의식이 온전하지 않은 상태였다.

응급실 침대에 누운 얼굴들 사이에서 아버지를 찾아냈다. "아빠!" 부르니 힘겹게 눈을 뜰 뿐, 대답은 없었다. 침대째 밀고 다니며 온갖 검사를 받았다. 밤 11시 정도까지 응급실에 머물다 나는 먼저 집으로 돌아왔고, 오빠가 회사에 연차를 내고 다음 날까지 병상을 지키기로 했다.

다음 날 검사 결과가 나왔다. 알코올성 뇌손상 말고는 별다른 병이 없었다. 의사는 "머리를 세게 부딪혀 의식이 오락가락하실 뿐, 회복하시면 일상생활은 가능할 것"이라고 말했고 일주일 정도 입원하면 될 것 같다고 덧붙였다. 일반 병실로 아버지를 옮겼더니 보호자가 필히 상주해야 한다고 했다. 일주일…. 오빠도 나도 갑작스레 일주일이나 연차를 쓸 수는 없었기에 고민 끝에 3-2-2 정도로 일정을 맞췄다. 사흘, 이틀, 이틀씩 둘이서 번갈아 병원에서 지내기로 했다.

입원 둘째 날 밤, 병원에 있던 오빠에게서 문자가 왔다. 뜬금없는 노래 추천이었다. 10cm의 〈봄이 좋냐??〉를 들어보라기에 출근길에 찾아 들었다.

"봄이 그렇게도 좋냐 멍청이들아, 벚꽃이 그렇게도 예쁘디 바보들아, 결국 꽃잎은 떨어지지. 니네도 떨어져라. 몽땅 망해라."

봄바람을 맞으며 출근하던 나는 '몽땅 망하라'는 노래를 병원에서 듣고 있는 오빠의 기분을 그려보려 했다. 퇴근 후에 문병을 갔다. 아버지는 의식을 되찾았지만 제정신은 아니었다. 섬망이라고 했다. 넘어지면서 뇌에 가해진 충격 때문에 일시적으로 나타나는 이상 증상이라고, 사람마다 회복 기간이 다르니 지켜봐야 한다는 거였다. 아버지는 다행히 사람은 알아봤지만 욕을 하고 소리를 질렀다. 6인실 병실에서 "씨발놈들이 나를 병원에 처넣었다"고 했다가 "여기가 어디냐"고 소리를 지르다가 진정제를 맞고선 잠이 들었다. 그런 아버지를 지켜보다 기저귀를 갈아드리고, 증상이 심해지면 간호사를 부르는 것이 보호자의 대략적인 임무였다.

　내 차례가 된 날, 출근 때보다 더 일찍 집을 나서 병원으로 향했다. 오빠는 병원에서 바로 회사로 가야 했다. 핼쑥한 오빠가 자꾸 "할 수 있겠냐" 묻기에 답했다. "뭐, 이참에 회사도 안 가고 좋지. 얼른 가." 오빠가 얼른 출근하지 못하고 머뭇거리는 모습에, 자신 없었지만 자신 있는 척 말했다.

　"씨발년아, 나 좀 나가게 해줘!" 아버지가 소리치면 주변 보호자에게 "죄송합니다" 했고, 간호사에게 "썅년아" 외치면 따라 나가 사과를 했다. 그런 일쯤은 별로 어렵지 않았다. 문제는 기저귀였다. 매일 30개월 아이의 기저귀를 가는 입장이었지만 아버지는 아버지였기에, 소변으로 두툼해진 기저귀를 만지고 바지를 내릴 때부터 주저하지 않을 수 없었다. 아버지가 정신이 없는 게 오히려 다행이다 싶었다.

　침대 옆 커튼을 촤라락 둘러치고, 머리를 질끈 묶고, 팔을 걷어붙이고, 아버지의 바지를 내리고 기저귀를 벗겼다. 내 정신 건강을 위해 아버지의 성기는 안 보려고 용을 썼지만, 어쩔 수 없이 보였다. '아, 나이가 들면 여기도 늙는구나' 하며 기저귀를 채웠다. 살이 많이 빠졌다 해도 성인 남자였다. 60대에다 운동이라고는 평생 안 한 사람이라 해도 남자 어른 몸은 생각보다 엄청나게 무겁 다는 걸 알게 됐다. 진정제 투여 후 아버지가 깊게 잠드 시길 기다렸다가 기저귀를 간 터라, 축 늘어진 몸의 무게 는 상상 그 이상의 것이었다. 침대 위로 올라가, 누워 있 는 아버지 다리 사이의 공간을 파고들어 무릎을 꿇고 앉 아서 바지를 내리다가, 힘을 잘 줄 수 있는 자세를 위해 침대 밑에 섰다가, 아버지를 밀었다가 당겼다가 난리를 치며 처음으로 기저귀를 갈고서는 완전히 진이 빠져버 렸다.

두 번째 기저귀를 갈 때는 욕이 절로 나왔다. 첫 번째 기저귀를 제대로 채우지 않았음을 바로 알 수 있었다. 기 저귀를 만져보려 손을 뻗었는데, 아버지 옷부터 침대 시 트까지 몽땅 소변으로 젖어 있었다.

"멍청한 년."

섬망이 온 아버지와 함께 보낸 한나절 만에 그 증상이 내게 옮겨 붙은 것 같았다. 스스로 욕을 하며 다시 커튼 을 치고, 팔을 걷어붙이고, 소변으로 달라붙은 바지를 떼어내며 깨달았다. '이건 도저히 혼자서 안 되겠구나.' 결국 간호사들을 부르고 시트를 갈고 옷을 갈아입히고 나니 한 시간여가 흘러 있었다.

병원에 있는 이틀 내내 〈봄이 좋냐??〉를 들었다. "멍청이들아, 몽땅 망해라" 부분은 입 모양으로 따라 불렀다. 자꾸자꾸 불렀다. '몽땅 망해라.'

밤새도록 환자들은 아프고 간호사들은 꾸준히 일을 하는 와중에, 딱히 하는 일도 없는 보호자 주제에 어디를 향한 건지도 모를 화가 계속 났다. 대체 아버지 인생은, 대체 우리 삶은 봄이 언제 오는 건데. 남들은 잘 사는 것 같은데 아버지는 대체….

잠에서 깨어나 욕을 하고 소리를 지르는 아버지를 보고 있어도 머릿속에선 노래가 들렸다. '멍청이들아…, 바보들아.' 언제까지 아버지는 저렇게 계시는 걸까. 나와 오빠는 언제까지 간병을 할 수 있을까. 회복은 되나. 회사는 어쩌나. 애는 어쩌나. '몽땅 망해라.'

그렇게 이틀을 보내고 오빠와 교대를 하면서 나는 조금도 머뭇거리지 않았다. 솔직히, 밤새 오빠가 오기만 기다렸다.

"나는, 더는, 못 할 것 같아. 방법을 찾자."

선언하듯 외치고 집으로 도망쳤다. 앞으로 펼쳐질 오빠의 이틀을 염려하기보다, 내가 맡은 이틀이 끝났음에 그저 기뻤다. 집으로 돌아오니 30개월 아이가 나를 반겼다. 눈물 나게 반가웠다. 생명의 시작점에 가까운 것은 이렇게나 밝은 에너지를 뿜는구나 싶었다. 아이를 꼬옥 안으며, 내게 묻은 병원 기운들을 떨쳐내려 용을 썼다. 지친 환자들, 병원 냄새, 아버지의 욕지거리, 그 기저귀…. 잘 웃고 떠드는 아이를 깊게 안으며 내게 스며드는 따뜻한 체온을 마음껏 느꼈다.

아이의 기저귀를 가는데, 누워 있던 아이가 다리에 힘을 줘 엉덩이를 드는 걸 보고는 새삼 감탄이 나왔다.

'와, 너는 이런 것도 할 줄 아는구나. 네 외할아버지도 이렇게 해주면 수월할 텐데…. 다음에 가르쳐드려야겠다.'

간병과 육아. 그 둘이 묘하게 닮았음을 이때 처음 깨달았다. 결국 중요한 건 식사와 배설이었다. 먹고 싸는 일. 갓 태어난 아기들이 혼자 식사와 배설을 해결할 수 없기에 돕는 건 육아였고, 다 자란 어른이 식사와 배설을 혼자 해결할 수 없게 되어 돕는 건 간병이었다. 인생사 결국 먹고 싸는 걸로 귀결되는 거였다.

아기가 자라고 자라 식사와 배설을 혼자 해결할 수 있게 되는 것을 '성장'이라 부른다. 그럼 그것을 다시 혼자 해결할 수 없는 지경에 이른 것을 뭐라고 불러야 할까.

하나의 큰 원이 머릿속에 그려졌다. 출발점에서 아기가 기저귀를 찬 채 기어간다. 원에 새겨진 트랙을 따라 기다가 이윽고 두 발로 걷는가 싶더니 뛰어간다. 그사이 몸은 점점 자라고, 한 바퀴를 다 돌아 도착할 때쯤엔 다시 몸이 줄어들다가 결국엔 누워버린다. 그 흐름이 인생이라는 생각이 들었다. 아무리 큰 몸으로 자라고 아무리 높은 곳까지 올라간다 하더라도, 트랙은 출발점도 끝점도 정해져 있다. 그 위에 있는 아버지와 아이의 위치를 가늠해봤다. 그리고 내 위치는 어디쯤일까 생각했다.

기대와 좌절, 희망을 오가며

◇◇◇◇◇◇◇◇◇◇

일주일을 병원에서 보낸 뒤 오빠와 나는 결론을 내렸다. 이대로는 안 된다. 간병인을 구하자. 공동 간병실(간병인 두세 명이 상주하며 병실의 환자를 공동으로 돌보는 곳)엔 자리가 없었고, 간병을 위해 회사를 그만둘 수도 없었다. 아버지는 화장실은커녕 침대 밑으로 내려오지도 못하니 돌볼 사람이 필요했다. 간병인의 일당은 당시 하루 7~8만 원. 입원이 길어질수록 돈은 눈덩이처럼 불어날 것이었지만 달리 방법이 없었다.

간병인을 구한 날 오빠와 통화를 했다. 나는 회사에 있었고 오빠 역시 아침에 간병인과 교대를 하고 출근을 한 후였다. 둘이 함께 외쳤다. "야, 진짜 돈이 좋구나."

그렇게 오빠와 나는 일상을 되찾았고 며칠이 지나자 아버지도 서서히 정신을 차렸다. 욕설과 화가 눈에 띄게 줄어갔다.

다음 문제는 몸이었다. 걸을 수 있을 거라고 의사는 말했지만 회복의 기미가 보이지 않았다. 병원 물리치료실에서 운동을 하고, 고모와 아버지 지인 등이 수시로 방문해 복도에서 걷기 연습도 시켰다. 그럼에도 아버지 다리에는 힘이 들어가지 않았다. 처음엔 누워 있었던 시간이 길어서 그런가 보다 했지만 열흘가량이 흘러도 별 차도가 없었다. 답답했다. 병원에서는 2주 이상 입원은 어렵다며 퇴원을 권했다. "퇴원이라뇨. 걷지를 못하시는데" 했지만 할 수 있는 치료는 다 했다는 것이 병원 측 입장이었다. 상급 종합병원에는 더 이상 머물 수가 없었다. 딱히 답이 보이지 않는 상황. 병원에서는 나가라고 하는데 걷지 못하는 아버지를 돌볼 사람은 없었다.

걱정하던 와중에 퇴원을 이틀 앞두고 병원 복도에서 아버지가 넘어졌다. 보조 기구를 사용해 걷기 운동을 하다가 그대로 옆으로 넘어간 것이다. 손을 뻗어 바닥을 짚는 등의 반사 동작이 전혀 일어나지 않았고 서 있던 자세 그대로 바닥으로 추락, 갈비뼈가 부러졌다. 갈비뼈 골절은 붙을 때까지 가만히 누워 있는 것 말고는 딱히 치료 방법이 없다고 했다. 속상한 마음 한편으로는 솔직히 '잘됐다' 싶었다. 적어도 1주일은 더 병원에 머물 수가 있으니까.

'시간이 더 지나면 잘 걷게 되시지 않을까' 기대했지만 그런 일은 일어나지 않았다. 갈비뼈는 내 마음도 모른 채 잘 붙었고, 쫓기듯 퇴원을 해야 했다. 일단 아버지를 댁으로 모시고 그 곁에서 오빠가 이틀간 지켜보고, 그 이후에 다시 대책을 논의하기로 했다.

아버지는 "집에 가면 괜찮을 거다" 하셨지만 전혀 괜찮지 않았다. 퇴원하고 고작 이틀 사이에 아버지는 여러 차례 위험을 자초했다. 혼자 일어나려다 쿵, 걸으려다 쿵 넘어졌다. 화장실에 가려다 쓰러지면서 소변을 보는 바람에 옷과 방이 다 젖기도 했다. 우리는 이대로 아버지를 집에 혼자 둘 수 없다고 결론을 냈다.

병원들은 진단명이 없는 아버지를 받아주지 않았다.

딱히 심각한 질환은 없는 상태에서 거동만 불가능한 사람을 품어주는 곳은 요양병원밖에 없었다. 오빠와 나는 집에서 24시간 돌봐줄 간병인을 구할 돈도 없었고 회사를 그만둘 형편도 안 됐다. 결국 요양병원으로 모셨다. '꾸준히 운동하시면 두세 달쯤 후엔 퇴원을 하시겠지' 하는 막연한 희망을 갖고.

한 달쯤 지났을 때, 아버지가 목의 통증을 호소했다. 정형외과에 가서 검사를 했더니 목 디스크가 발견됐다. 의사는 통증을 없애려면 수술을 해야 한다고 했다. 우리는 반신반의했다. 척추 수술이라니, 회복을 할 수는 있을까. 걷지도 못하는 사람을 수술하는 게 옳을까. 의사는 아직 젊으시니 충분히 이겨낼 수 있을 거라고 말했지만 우리는 확신하지 못했다. 술에 절어 있는 60대 아버지의 몸은 실제 나이보다 훨씬 더 망가져 있음을 우리는 느끼고 있었다. 그러나 아버지의 의지는 너무 강력했다. 디스크가 발견된 그 순간부터 당신이 걷지 못하는 원인이 목 디스크라고 굳게 믿어버렸다. "수술을 하자. 그러면 내가 걸을 수 있다." 그 희망을 모른 체할 수가 없었다.

인어 공주가 된 아버지

◇◇◇◇◇◇◇◇◇◇◇◇

　수술 후 아버지는 목소리를 잃었다. 정형외과에서는 수술이 잘 끝났다고 했고 길게 잡아 3개월쯤이면 성대도 회복될 것이라 장담했지만 3개월이 지나도 목소리는 돌아오지 않았다. 6개월이 흘러도 마찬가지였다. '쉭쉭' 하는 소리로만 이뤄진 아버지의 '말'을 우리는 알아듣지 못했다.

　걷기를 시도하다 넘어지길 수차례, 말을 하려다 통하지 않길 수없이 겪으면서 아버지는 급속도로 위축돼갔다. 바깥세상으로 펼쳐져 있던 몸을 안으로 안으로 웅크리고 말아 넣는 느낌이었다. 혼자 힘으로 침대 밖으로 발을 내려보는 도전이나 목소리를 크게 내보려는 시도도 거의 하지 않았다. 처음 입원 때만 해도 등받이 없이 꼿꼿하게 앉아 있을 수 있었지만, 침대를 세워 기대어 앉아 있는 날들이 늘어갔고 침대 각도마저 점점 더 누운 형태에 가깝게 변해갔다. 간병인들도 만날 때마다 "아버지 근육이 점점 힘이 없어지는 것 같다"고 했다.

아이에게 동화 「인어 공주」를 읽어주다가 문득 아버지를 떠올렸다. 목소리를 마녀에게 주고 다리를 얻은 인어 공주는, 다리를 얻고도 끝끝내 말을 하지 못해 물거품이 되어버렸다. 다리와 목소리를 다 잃은 아버지는 둘 중 하나를 얻을 수 있다면 무엇을 선택하실까. 걷지도 말하지도 못하는 아버지는 이제 물거품이 될 수밖에 없는 걸까.

"아빠, 말도 못하고 걷지도 못하는데 운동도 귀찮아하면 어떡해요. 이번 주도 제대로 안 하면, 저 앞산에 확 버려두고 올 거예요."

"아빠, 진짜 퇴원만 하면 우리 같이 살자. 빚이라도 내볼 테니까 그러자. 응?"

"아빠, 돈을 벌어 오라는 것도 아니고 걷기만 하라니

까? 일어나야 목소리도 돌아오지."

아무 차도 없이 시간이 흘렀다. 1~2개월로 예상했던 입원 기간은 1~2년으로 길어졌고, 가족들도 아버지도 그저 무력하게 적응해갔다.

고치로 파고드는 사람들

◇◇◇◇◇◇◇◇◇◇◇

2018년 3월, 문병을 가려고 준비하는데 전화가 울렸다. 오빠였다.

"아버지가 새벽부터 계속 토하셔서, 지금 응급실로 옮긴다. ○○병원 응급실로 바로 와."

함께 출발하려던 아이와 남편을 집에 두고 혼자 응급실로 향했다. 또 비상 상황이었고, 2년 전 처음 응급실을 찾았을 때보다는 익숙하게 상황에 대처할 수 있었다. 침대째 아버지를 밀고 다니며 또 이런저런 검사를 받았다. 담낭염이라고 했다. 담즙을 빼내기 위한 관 삽입이 필요했기에 상황을 이야기하고 의사가 배를 찔렀다. 관 삽입은 성공적이었으나 아버지 몸은 갑작스러운 통증을 이겨낼 만큼 강하지 않았다. 쇼크가 왔다. 숨을 제대로 쉬지 못하는 것이 눈으로도 보였기에 간호사들이 심박수 측정 기기 등을 연결했고, 몸에 기계가 연결되자 아버지의 눈은 더 불안하게 떨렸다. 황망히 주변을 둘러보며 배부근을 움켜쥐고 무언가 말하고 싶어 했지만 소리가 되어 나오지 않았다.

'나 죽는 거야?'

그 순간 아버지는 그 말을 하고 싶어 하는 듯했다. 눈물을 그렁그렁 달고 나를 바라보는 아버지. 그 손을 꼭 붙잡았다.

"아빠, 담낭염이래요. 뭔지는 나도 모르겠는데 암튼 죽을병은 아니래. 숨만 쉬면 살아요. 눈 감고 천천히 숨쉬기에만 집중해봐요."

오빠와 침대 양쪽으로 앉아 "하나에 들이마시고 둘에 내쉬고"를 반복했다. 아버지의 손끝으로 마음이 전해져왔다. 파들파들 떨며 움켜쥐는 악력. 이 세상의 것을 놓고 싶지 않은 듯한….

"아빠, 죽을병 아니래요. 안 죽어요. 숨만 쉬어요. 하나, 둘. 하나, 둘."

잠시만 숫자 세기를 멈춰도 눈에 띄게 호흡이 불안정해졌기에, 오빠와 마주 앉아 한 시간쯤은 "들이마시고 내쉬고"를 외쳤다. 아버지는 서서히 안정을 찾아갔다.

담낭염은 담낭(쓸개) 벽에 염증이 생긴 것이고, 자연스레 배출되어야 할 담즙이 염증 때문에 배출되지 않는 것이 문제라 했다. 수술하면 치료가 되는 병이지만, 전신마취로 진행되는 수술을 아버지가 버티기는 어려울 것이라는 이야기를 들었다. 이런 경우엔 배에 호스를 삽입해 담낭즙을 몸 밖으로 빠지도록 처치하고, 그 담낭즙이 모이는 비닐 주머니를 찬 채 생활을 하는 방법밖에 없다는 이야기도 이어졌다.

당시 아버지 나이 69세. 침대에 누운 채 서서히 시들어만 가는 것이 정말 좋은 게 맞는지를 점점 확신하기가 어려웠다. 어쨌든 아버지를 일반 병실로 옮기고 우리는 일단 안도했다.

"출구 전략을 세워보자."

오빠가 말했다. 그 무렵 오빠는 자주 '출구'라는 단어를 썼다.

"출구가 보이면 출구까지 갈 길을 찾기만 하면 되는 거야."

지금의 출구는 퇴원이었다. 퇴원까지 어떻게 갈 것인지가 문제였다. 그런 설명을 하며 "너 먼저 밥 먹고 와. 그 다음에 다시 얘기하자" 했다. 그때 "삐–" 하고 심박기가 울렸다.

간호사들이 달려왔다. 침대째 실려 가는 아버지를 좇아가면서, 응급실에서의 안정이 출구를 꿈꿀 단계가 아니었음을 깨달았다. 아버지가 들어간 곳은 간호사 스테이션 옆 응급처치실. 이런저런 기계들을 끌고 간호사와 의사들이 뛰어다니고 있었지만, 오빠와 나는 그저 멍하게 복도에 서 있을 수밖에 없었다. 의사 한 명이 다가와 "만약 중환자실에 가시게 되면" 하고 연명 치료에 대한 설명을 했는데, 나는 잘 이해하지 못했다. 오빠가 "그렇게 하면 되겠지?" 물었고, 고개만 끄덕였다. 한 시간여가 흐르고, 위급한 상황은 넘겼다며 간호사가 우리를 불렀다. 아버지 손을 덥석 잡고 "아빠" 하고 불렀더니 눈 뜰 힘도 없어 보이는 아버지가 손에 힘을 실어 왔다.

아버지는 호스를 배에 삽입하고 비닐 주머니를 찬 채 다시 요양병원으로 옮겨졌다. 휠체어도 운동도 모두 금지됐다. 그리고 요양병원에서는 죽을 먹이기 시작했다. 구토가 다시 있을 경우 위험할 수 있으니 매 끼니를 죽으로 드시라고 권했다. 걷지 못해 누웠던 이 자리. 이제 아버지는 목소리를 잃었고 식사마저 빼앗겼다. 말갛고 누런 죽을 매일 드시는 아버지도 힘드셨겠지만, 그걸 지켜보는 것도 쉽지는 않은 일이었다.

아버지가 기저귀를 차고, 목소리를 잃고, 밥을 빼앗기는 동안에도 아이는 꾸준히 자랐다. 아이는 기저귀를 뗐고 글을 읽었고 밥을 혼자 먹기 시작했다. 최현숙 작가가 본인 어머니 생의 마지막을 기록한 책 『작별 일기』에서 사용한 표현을 빌리자면, 아버지는 '해체'되고 있었고 아이는 성장하고 있었다.

자라는 아이와 아버지를 비교하며 장난을 치기도 했다. "아빠, 여섯 살 애도 소변은 혼자 해결하거든요" "아빠, 얘도 밥은 혼자 먹어요" 하면 아버지는 웃으셨다. 아이가 옆에서 "나도 밥은 혼자 먹을 수 있어요" 하면, 아버지는 내려뒀던 숟가락을 다시 들고 죽을 드셨다.

그렇게 요양병원에서 4년을 보냈다.

하얀 병원 이불에 싸여 있는 아버지를 보며 누에고치를 떠올렸다. 누에는 하얀 고치 안에 있다가 어느 시점이 되면 고치를 벗어나 나비가 되어 하늘로 날아오른다. 아버지는 팔다리를 휘두르며 나비처럼 살아가다 천천히, 아주 천천히, 팔다리를 접고 고치 안으로 들어왔다. 포근할까, 저 고치는. 다시 나비가 될 수는 없다 해도, 저 고치를 벗어날 수는 있는 것일까. 아버지 곁에도 침대마다 하얀 고치처럼 어르신들이 누워 있었다. 세상을 날아다니다 고치 안으로 들어와버린 이분들은, 이 다음엔 무엇이 되는 걸까.

어른이 되어도 적응되지 않는

◇◇◇◇◇◇◇◇◇◇

2020년 6월 22일 오전 9시 20분. 오빠의 번호가 핸드폰에 찍혔지만 받지 않았다. 출근 직전까지 남편과 싸운 터라 너덜너덜해져 있었기에 가만히 바라만 보고 있었다. 7개월째에 접어든 별거 생활. 남편은 합가를 하지 않으면 아이 양육에서 손을 떼겠다 말했고 나는 조금만 더 시간을 달라고 했다. 코로나 시국에 남편에게 아이를 맡기지 않으면 회사에 올 수가 없었고, 아이를 이유로 남편을 받아들이기엔 함께할 시간이 버거웠다. 접점은 없었다. 오빠가 끼어들 여지가 없는, 그런 아침이었다.

바로 다시 전화가 울렸다. 업무 시간인 걸 서로 아는 상황에 연거푸 전화를 건다는 건 급한 용건이라는 의미였다. 또 응급실인가, 또 비상 상황인 건가 하며 전화를 받았다.

"여보세요?"

"아버지가 돌아가셨단다."

"뭐?"

귀로 흘러드는 '돌아가셨다'는 말을 이해하는 데 시간이 좀 필요했다. 몇 초가 흘러서야 그 말의 의미를 이해할 수 있었다. 잠시의 침묵 후에 겨우 내뱉은 말은 "어쩌다가?"였다.

오빠는 출근길에 전화를 받았다고 했다. 아버지가 또 호흡이 제대로 안 되신다, 호흡 보조기 등을 달았으나 큰 병원으로 가보셔야 할 것 같다 등의 이야기를 들었고, 그 길로 차를 돌렸다. 차 안에서 사설 응급차를 부르고 회사에 연락해 사정을 말해놓고 속도를 높이는데 다시 전화가 울렸다. 아버지의 호흡이 멈췄음을 알리는 병원 전화였다. 오빠는 아직 병원으로 가는 중이었다.

"일단 알고 있어라. 넌 회사 정리해놓고 나오고, 병원

도착해서 상황 보고 다시 전화할게."

일단 전화를 끊었다.

슬퍼야 했을까? 그 순간 나는 슬프지 않았다. 슬픔에 앞서 나를 압도한 건 '생각'이었다. 먼저 생각을 해야 했다. 우선 '남편에게 어떻게 말해야 할까'를 생각했다. 별거 중인 남편은 여전히 법적 배우자였고 그렇기에 상주(喪主)였다. 말을 하고 싶지 않았지만 말해야 했고, 말하지 않으면 아이를 맡길 곳도 없었다. 다음은 친척과 남편의 관계를 생각해야 했다. 친정 식구들에게 별거에 대해 말한 상태였는데 남편은 친척들이 안다는 사실을 모르고 있었다. 이 모든 상황을 어떻게 남편에게 말을 해야 화를 덜 낼까. 그 고민이 너무나 압도적이어서 슬픔이 올라올 여지가 없었다. 10여 분을 쪼그리고 앉아 생각하다 남편에게 전화를 걸어 상황을 말했고 "불편하면 안 와도 돼" 하고 전화를 끊었다. 그 후에 떠오른 생각은 '아버지도 이제 별거에 대해 아시겠구나' 하는 것이었다. 육체의 호흡이 멈췄다는 아버지. 그 육체를 떠난 영혼은 왠지 모든 것을 볼 수 있을 것 같았다. 참 오랫동안 불화를 숨겼는데 이제는 아시겠구나, 하는 생각이 들었고 어이없게도 마음 한구석이 편안해졌다.

회사를 나와 집으로 돌아왔다. 아버지를 장례식장으로 옮기고 빈소를 차리는 데는 시간이 걸렸고, 오빠는 혼자 정리하면 될 듯하니 점심을 먹고 빈소로 오라고 했다. "이 상황에 밥은 무슨"이라고 했지만 "초보처럼 왜 이래. 든든하게 먹고 와라" 하니 딱히 할 말이 없었다. 오빠의 말을 들으며 어머니 장례식을 떠올렸다. '그래, 밥은 먹고 가야지' 했지만 밥을 넘길 수는 없었다. 초보도 아닌 주제에 그랬다. 잠시 후 남편이 집으로 데리러 왔고 함께 장례식장으로 향했다.

"괜찮아?" 하고 묻기에 "괜찮다"고 답했다. 무슨 말을 해야 할지 몰랐으므로. 내가 괜찮다고 답해서일까, 남편은 본인의 슬픔에 대해 이야기하기 시작했다. 별거를 일방적으로 통보했던 나, 함께 병원도 가기 싫다고 했던 나. 그런 나 때문에 장인어른을 몇 달간 못 만났고 뵙지도 못한 채 결국 돌아가셨다고, 이런 상황을 만든 내가 밉다고 말을 했다.

'내가 밉구나. 그렇구나.'

내 아버지를 그놈의 코로나 때문에 나도 몇 달간 못 봤고, 임종을 못 지킨 게 참 한스러운데 당신의 슬픔도 크구나. 내 슬픔만 봐서는 안 되는 거구나. 4년간 병원을 함께 갔으니 당신의 슬픔도 크겠구나…. 이해하려 최선을 다했다. 내 슬픔은 '괜찮은' 것이었기에 그의 이야기를 듣고 있으려 용을 썼지만, 잘 되진 않았다. 슬픔의 크기를 비교하는 게 무슨 소용이 있을까. 하지만 좀처럼 그 비교를 내려놓을 수가 없었다. 정말 내 슬픔보다 당신의 슬픔이 클까. 묻고 싶었지만 아무 말도 하지 않았다. 남편 앞에선 늘 그랬듯, 슬픔도 말도 모조리 삼켰다. 그뿐이었다.

사망진단서에 적힌 아버지의 사인(死因)은 폐렴이었다. 고등학생 때부터 피웠던 담배를 나이 60이 다 되어서야 끊었고 술까지 꾸준히 드셨기에, 아버지의 폐 상태는 계속 문제였다. 병원 진료 때마다 폐 이야기를 들어온 터라 사인이 이해가 됐다. 지치고 지친 폐가 먼저 멈췄구나 싶었다.

빈소에 들어가니 오빠가 우리를 맞았다. 둘이 멍하니 앉아 영정 사진을 바라봤다.

"우리 아버지가 성격이 참 급하시네. 코로나 몇 달을

못 기다리시네."

오빠가 말했고 나는 맞장구를 쳤다.

"그러게. 면회 오는 거 기다리다가 화났나 보다."

"너무 화나서, '에잇 나는 가련다 이놈들아' 하셨지 싶
다."

"성질은 왜 그렇게 급한 건데…. 걷지도 못하면서."

정면의 제단을 중심으로 양쪽으로 의자가 놓인 빈소
였다. 장례식장 관계자의 설명에 따르면, 문에서 보이는
쪽 의자에 아들, 사위, 딸 순서로 앉아야 한다고 했다. '원
래' 그렇게 하는 것이라고, 남자부터 앉는 것이라고 관계
자는 말했다. 오빠도 남편도 별 신경 쓰지 않는 눈치였
다. 하지만 나는 장례 내내 그 순서라는 것이 신경이 쓰
여, 일부러 가장 뒷자리에 앉아 있곤 했다. 생전 아버지
와 나의 거리가 그랬듯 멀찍이 떨어져 앉아 영정 사진을
바라봤다.

시댁 식구들도 문상을 왔다. 몇 달 만에 뵙는 자리가
내 아버지 장례식장이 될 줄은 정말 상상하지 못했다. 집
나온 며느리 주제에 온 식구를 불러 모으다니…. 어쩔 줄
몰라하며 어색해하는 나와는 달리, 삼촌과 숙모 등은 시

댁 식구들을 반갑고도 정중하게 맞아주셨다. 이런 곳에서 '어린 티'가 나는구나 싶었다. 다 컸다고 생각했어도 연륜이란 무시할 수 없는 것이었고 아직 어린 나는 한 치 앞도 알 수 없는 상황들에 그저 지쳐가는 기분이었다. 별거, 코로나, 계속되는 싸움, 장례⋯. 하나하나 무게를 더해가는 일상의 뒤틀림. 잔뜩 뒤틀린 일상에서 '보통의 상태'가 무엇인지는 점점 더 알 수가 없었다.

장례 내내 남편을 봐야 했다. 남편은 상주로서 나름대로 최선을 다하고 있었지만, 별거 7개월 차 남편을 매일 보는 일은 당연하게도 매우 불편했다. 장례식장에서만큼은 정말 싸우고 싶지 않았다. 내내 불편함을 티 내지 않고 그의 말을 들으려 애썼지만, 시간이 지나면 지날수록 더 버겁기만 했다. 내 감정을 추스르기도 힘든 시기에 누군가의 눈치를 봐야 한다는 건 정말 어려운 일이었다. 애초에 왜 이런 관계가 되어버린 것인지 근원적인 의문이 들었다. 나는 대체 어떻게 살아왔기에, 내 아버지 장례식장에서조차 이 사람 눈치를 보는 걸까. 가장 슬퍼야 할 순간에 내 슬픔마저 억누르게 만드는 사람과 남은 삶을 함께하는 것이 정말 옳은 일일까. 아버지의 죽음 앞에서도, 나는 온전히 아버지에게 집중하지 못했다.

입관식에서 5개월 만에 아버지 얼굴을 직접 봤다. 생명의 기운이 모조리 빠져나간 검은 얼굴의 아버지. 낯설었다. 서서히 시들어가는 모습을 4년 동안 지켜봤지만, 싸늘한 침대에 꼼짝도 않고 누워 있는 저 사람은 내 아버지가 아닌 것도 같았다.

요양병원에서 봤던 장면이 떠오르기도 했다. 아버지 옆자리에 누워 있던 할아버지. 어느 주말, 웬 아저씨가 그 자리로 다가가더니 "아이고, 아버지. 살이 왜 이렇게 많이 빠졌습니까" 하며 할아버지의 손을 붙잡고 큰 소리로 울었다. 나도 눈물이 차올라 슬쩍 고개를 돌리는데, 등 뒤에서 손자로 짐작되는 청년의 목소리가 들렸다.

"아빠, 할아버지 성함이 아닌데요."

아저씨는 눈물을 닦고 간호사실을 찾아갔고, 다른 병실로 발길을 옮겼다. 그때 나는 속으로 그 아저씨를 비웃었다. '아무리 바빠도 얼굴을 못 알아볼 만큼 안 오다니' 하고 흉도 봤다. 그런데 5개월 만에 아버지 얼굴을 마주하고 있자니 그 아저씨를 조금은 이해할 수 있을 것 같았다. 생명력이 빠져나가고 있는 노인의 얼굴은 모두가 조금씩 닮아 있음을, 입관식에서 새삼 느꼈다. 요양병원에서 본 수많은 노인의 얼굴 중 하나가 그 자리에 누워 있는 것 같은 느낌. 저 사람이 내 아버지가 맞는 걸까. 임종 때 곁을 지키지 못한 자식은, 생명이 사라진 아버지의 육체가 낯설게만 보였다. 아버지라 믿고 싶지 않았던 건지도 모르겠다.

아버지의 얼굴은 다행히도 편안해 보였다. 2년 전 응급실에서 파들파들 떨던 손. 그 촉감을 여전히 기억하고 있기에, 아버지의 마지막 순간이 극한의 두려움과 외로움의 시간이었을까 봐 걱정스러웠다. 어떤 기분을 느끼셨을까. 곁에 있었다면 손이라도 잡아드렸을 텐데…. 어머니가 오빠를 기다렸다 눈을 감았듯 아버지도 우리를 기다리지 않았을까. 기다리려 했으나 더는 버티지 못한 건 아니었을까.

끝은 모두에게 공평하다

◇◇◇◇◇◇◇◇◇◇

아버지의 장례 3주 뒤 어머니의 기일이 돌아왔다. 그 3주 내내 남편과 싸우고 있었다. 아버지의 죽음이고 뭐고, 그냥 딱 하루만이라도 정신적으로 편안하기를 원하던 와중에 맞이한 기일이었다. 너덜너덜해진 상태로 기일 미사에 참석했다. 벌써 스물한 번째 기일 미사였고 울기운도 없다고 생각했었다. 오판이었다. 그 미사에서 나는 몸을 가누지 못할 만큼 흐느꼈다. 어머니 장례식과 아버지 장례식 모든 과정을 통틀어 이날만큼 운 적은 없었다. 짧은 생을 살면서 많이 울었다고 생각했는데, 경험치의 끝은 아직 멀었음을 그때 알았다. 터져버린 눈물을 멈출 수가 없었다. 눈물을 너무 많이 흘리면 손과 발이 바들바들 떨린다는 것도 이날 처음 알았다. 미사 내내 온몸을 바들거리며 울었다.

나를 본 사람들은 아마 부모님의 죽음이 사무치게 슬퍼서 운다고 생각했으리라. 고백건대 아니었다. '나 좀 도와주세요' 하면서 울었다. '더는 못 하겠어요. 더는 이 가정을 못 지키겠어요. 나 하나도 안 행복해요. 좀 도와주세요.' 그러다가 '죄송해요. 행복하게 못 살아서 정말 죄송해요' 하면서 흐느꼈고, '좀 쉬고 싶어요. 그냥 엄마 아빠 곁에 가고 싶어요' 하다가 그 마음이 죄송해서 또 눈물이 났다. 가시는 길 편히 보내드리지도 못하는, 참 못난 자식이었다.

집으로 돌아와 자리에 누웠지만 잠이 오진 않았다. 아이 곁에 멍하니 누워 있을 때 문득 이 속담이 떠올랐다.

'호랑이는 죽어서 가죽을 남긴다.'

우리 부모님은 호랑이도 아니었는데, 부모님이 떠나고 남은 나는 마치 가죽 같았다. 피도 살도 뼈도 없이, 껍데기만 남은 그런 가죽. 실컷 울어서인지 몸 속에 물 한

방울 남아 있지 않은 것 같았다. 바스락거리는 가죽이 되어 덩그러니 침대에 올려져 있는 듯한, 그런 밤을 멍하니 보냈다.

아버지와 어머니의 죽음을 비교하는 것이 의미가 있을까. 둘 다 내 삶을 흔들어놓은 사건임은 분명했지만, 여러 면에서 그 둘은 달랐다.

우선 어머니의 죽음은 진행 속도가 매우 빨랐다. 암 선고부터 돌아가시기까지 6개월. 준비하지 못한 죽음에 허둥대며 어찌할 바 모른 채 시간들을 버텨내기 급급했다. 반면, 아버지의 죽음까지는 긴 시간이 걸렸다. 술을 드시는 그 오랜 시간 동안 아버지를 미워했고, 4년여의 입원 기간 동안 끝이 다가옴을 느끼고 있었다.

망자(亡者)가 죽음에 이르는 시간과 남은 이들이 빈자리에 익숙해지는 시간. 이 둘은 반비례하는 것 같다. 어머니의 죽음이 갑작스러웠던 만큼, 부재에 익숙해지는 데는 오랜 시간이 걸렸다. 빈자리가 느껴지는 순간마다 세상 끝난 듯 울며 억지로 버텨내야 했다. 아버지의 경우에는 서서히 빈자리를 준비할 수 있었다. '언젠가 곧 끝이 나겠구나' 여겼다. 그래서인지 어머니의 죽음 이후만큼 고통스러운 시간이 펼쳐지진 않았다. 병원에 계실 때에도 한동안 만나지 못했었기에, 평소와 다름없는 일상에서 문득 '이 세상에 안 계시는구나' 새삼스레 깨닫고 마음 한 켠이 허전해질 뿐이었다.

17세와 38세라는 나이 차이 때문일까 생각도 해본다. 미성년일 때는 슬픔에 집중할 수 있었다. 슬픔이 내 세상을 집어삼켜도 거기에 실컷 빠져 있어도 됐다. 하지만 현재의 나는 그럴 수 없다. 아이를 돌봐야 하고 생활을 이어가야만 했다. 내 슬픔에 빠져 아이와의 생활을 무너뜨리려서는 안 된다는 책임감. 그 책임감의 무게가 슬픔마저 끌고 간다. 아이와의 삶이 더 중요하다며 나를 다독이게 된다.

아버지의 입원 4년여를 돌아본다. 죽음을 '해체'라 표현한 『작별일기』를 떠올려보다, 아버지의 해체는 언제 시작되었을까 의문이 들었다. 입원 시작인 4년 전이라 봐야 할까? 직접적 사인은 폐렴이었지만 그 지경까지 몰아간 건 알코올성 뇌손상이었다. 아버지의 해체를 가속화시킨 주범은 술이었다. 그럼 술에 빠진 순간부터를 해체로 다가가는 과정이라 봐야 하지 않을까. 전 생애에 걸

쳐 꾸준히 술을 드신 아버지는, 살아간 것일까 죽음을 향해 달려간 것일까. 이 과정을 다 지켜보고도 술을 즐기는 나는, 살아가고 있는 것일까 죽음으로 다가가고 있는 것일까.

몇 년 전 쓴 일기에서 아버지를 '높은 언덕에서 떨어뜨린 공'에 비유한 적이 있다. 아무리 붙잡으려 해도 아래로 아래로 빠르게 굴러가는 공. 온 가족이 달라붙어 공을 붙잡으려 해도 지구의 힘을 이길 수는 없었다. 아버지는 그렇게 아래로 아래로 굴러가다 땅에 묻히셨다. 아버지의 삶을 지켜보며 '남과 다르게 산다'고 생각하던 나는 아버지의 죽음을 지켜보며 '끝은 다 똑같구나' 하게 됐다. 어떻게 살아가든 그 속도와 궤도가 다를 뿐, 모두의 끝은 결국 죽음이다. 아버지의 여정은 일직선에 가까운 궤도를 그리며 아주 빠르게 진행됐을 뿐이다.

아버지의 죽음 이후, 모두의 삶이 높은 언덕에서 떨어뜨린 공처럼 보였다. 모두에게 공평한 끝. 그것을 깨닫자 역설적이게도 삶이 새롭게 보였다.

결국은 끝날 삶, 그 안에서 내 궤도를 생각해봤다. 성취, 행운, 그런 것 대신 죽음과 이별만 가득하다며 내 삶에 불만을 품은 적이 있었다. 이렇게 불평만 하다 끝을 맺는다? 그렇게 생각하니 너무 슬펐다. 내 끝이 좀 더 평화롭고 따스한 것이기를 바라게 됐다. 죽음의 순간에 '불평만 하며 살았네' 하고 싶진 않았다. 그러려면 눈앞에 펼쳐진 '하루'부터 잘 보내야 하지 않을까. 오늘 이 하루는 내 궤도를 이뤄가는 일부일 테니. 때로는 내다 버리고도 싶었던 하루가, 이 삶이, 죽음을 바라보고서야 다르게 다가왔다.

3부

자주,
후회합니다

990 돈까스

◇◇◇◇◇◇◇◇◇◇◇

초등학교 4~5학년 무렵, 동네에 경양식집이 생겼다. 이름하여 '990 돈까스'. 좁은 시장 골목을 지나면 2차선 도로가 펼쳐졌고, 도로 양옆으로 2~3층 상가들이 다닥다닥 줄지어 서 있었다. 그곳 건물 2층에 돈까스집이 문을 열었다. 집에서도 가끔은 돈까스를 먹을 수 있었던 90년 대였지만 그 가게가 주는 느낌은 사뭇 달랐다.

외식을 해본 적이 별로 없었다. 짜장면과 탕수육 정도가 상상할 수 있는 외식 세계의 전부였던 시절에 '칼질'이라니, 놀이공원만큼이나 가보고 싶었다. 가게 상호에서 느껴지듯 엄두를 못 낼 정도로 비싼 가게도 아니었다. 어린 내 생각에도 갈 수 있을 것 같은 가격이었지만 엄마한테 쉽게 가자고 조를 수는 없는, 딱 그런 느낌의 가게였다.

학교 친구들 사이에서도 이 가게는 이슈였다. 요즘 말로 동네 초딩들의 '핫 플레이스'여서, "거기 가봤는데~" 하고 한 친구가 말을 시작하면 주변으로 친구들이 몰려들어 "어땠어?" "진짜 맛있어?" 하고 물었다. 학교 친구들의 방문이 이어질수록 나는 불안해졌다. '나만 못 가면 어떡하지. 나도 자랑하고 싶다' 하는 마음을 품고 엄마를 여러 번 졸랐지만 실패. "집에서 해줄게" 하는 엄마가 미워 보이기까지 했다.

그러던 어느 날 친구 한 명이 나를 초대했다.

"내일 저녁에 990 돈까스로 올래? 아빠가 친구들 밥 사주신대."

난 네다섯 번쯤 기쁘게 고개를 끄덕거리고는 묻지도 따지지도 않고 그 가게로 향했다. 가게 안으로 들어서니 TV 드라마의 한 장면에 들어온 것 같은 기분이 들었다. 둥근 테이블, 테이블마다 매달린 조명, 그 아래서 가족들이 삼삼오오 모여 '우아하게' 나이프로 고기를 썰고 있었다. '이런 곳이었구나.' 한쪽에 테이블 두어 개를 붙여 친구들이 모여 앉아 있었다. 내 앞에도 칼과 포크가 주어졌다. 와본 적 있다는 친구를 흉내 내며 돈까스 썰기에 한창 집중하고 있을 때였다.

"○○야!"

초대해준 친구 이름이 들리는 쪽으로 고개를 돌렸다. 근사한 양복을 입은 아저씨가 내 친구 뒤로 다가섰는데 손에는 빨간 장미꽃다발이 들려 있었다. 아저씨는 활짝 웃으며 그 큰 꽃다발을 친구에게 안겼다.

"우리 딸이 여자가 된 소중한 순간을 기념하고 싶어서 친구들을 초대했어. 많이들 먹어라."

음? 소중한 순간? 여자? 어리둥절한 채 돈까스를 입에 넣었다. 한참을 먹다 고개를 드니 친구와 그 친구의 아버지, 치마 정장 차림의 친구 어머니가 도란도란 이야기를 하며 밥을 먹고 있었다.

돈까스집을 나와 친구들끼리 속닥거렸다.

"생일 아니었어? 무슨 날이었던 건데?"

다 먹고 나와서도 뭘 기념하는지 모르는 건 다들 마찬

가지였다. 주인공 친구와 가장 가까운 사이였던 아이가 내 귀에 대고 속삭였다.

"초경. 생리한다고 아저씨가 파티를 연 거래."

"뭐?"

초경을 이미 치렀던 나는 진심으로 놀랐다. 왜 남자아이들이 하나도 없었는지도 그제야 이해가 됐다. 나는 초경 때 어땠더라. 어머니와 소리를 낮춰 말했었지. 아무도 모르길 바라며, 제발 티가 나지 않기를 바라며 그 시기를 보냈더랬다. 아무도 축하 같은 걸 해준 적이 없었기에, 이렇게 파티까지 열며 축하할 일인지 몰랐다. 사실 파티 이유가 중요하진 않았다. 중요한 것은 파티를 무려 990 돈까스에서 열었고, 열 명쯤 모인 친구들 밥값을 모두 친구 아버지가 계산했다는 사실이었다. 계산대에 서 있는 친구 아버지의 뒷모습을 경이롭게 바라봤다. 내 아버지에게서는 단 한 번도 본 적 없는, 그야말로 '멋짐이 폭발'하는 뒤태였다.

그리고 1년쯤 뒤 그 친구는 이사를 갔다. 초대를 받아 갔던 그 친구 집에서 990 돈까스 때만큼이나 충격을 받았다. 태어나 처음 가보는 새 아파트에서 집도 '새것'일

수 있음을 난생처음 알았다. 친구 방을 가득 채운 인형들, 예쁜 침대, 어머니가 내어주시는 과자까지, 모든 것에서 '얘는 나랑 참 다르게 사네' 하는 느낌을 받았다.

이후 그 친구와 급격히 멀어졌다. 실은 다분히 의도적으로 거리를 뒀다. 친구에게 먼저 전화를 걸거나 같이 놀자고 얘기해보는 등의 일을 일절 하지 않았다. 나와는 다른 세계에 사는 듯한 친구에게 아무렇지 않게 손을 내밀기엔 심사가 배배 꼬여 있었다. 많이 부러웠다. 더 솔직히는 많이 샘나고 질투가 났다.

부러움과 부끄러움의 시절

◇◇◇◇◇◇◇◇◇◇

　돈까스집이 초딩들의 마음을 흔들던 그 무렵, 전업주부였던 어머니가 동네에서 과일 가게를 시작했다. 차 한 대가 겨우 지나갈 만한 좁은 골목길 모퉁이에 톡 하고 성냥갑을 떨어뜨려둔 듯한 작은 가게였다. 가게 바로 앞에는 커다란 전봇대가 있었다. 온갖 전단지가 덕지덕지 붙어 있는 그 전봇대 탓에 가게는 잘 보이지도 않았다. 사람 한두 명이 앉으면 꽉 차는 컨테이너 박스. 그 앞 진열대에 과일들을 올려두고 어머니는 하루 종일 가게에 웅크리고 있었다. 그런 어머니도 그 가게도, 나는 부끄럽기만 했다.

가게에 가면 이런 딸의 마음을 짐작도 못하는 어머니가 나를 반겨주었다. 냉장고 한쪽 구석에서 꺼내 온 쟁반에는 상처 나거나 무른 과일들이 가득했다.

"네가 좋아하는 과일 실컷 먹으니 좋지? 엄마가 가게 하길 잘했지?" 어머니가 물으면 "아니, 엄마. 나도 저기 있는 예쁘고 깨끗한 과일 먹고 싶어" 하고 대답했다. 어머니가 깎아주는 과일들을 냠냠 집어먹으면서 참 염치도 없이 그랬다. 그럼 어머니는 그저 과일을 건네주며 "더 먹어" 하셨다.

당시 난 친구들과의 이야기에 부모님이 화제에 오르는 게 싫었다. "우리 아빠는 약사야" 했다가 "우리 아빠 뭐 하시는지 난 잘 몰라" 하기도 하면서 초등학교 시절을 보냈다. 둘 다 거짓말이었다. 약사일 때도 있었지만 가짜 약사였고, 잘 모른다고 하던 시기에 아버지는 직업이 없었다. 허구한 날 술을 마신다는 걸 잘 알고 있었지만 모른다고 했다. 그리고 늘 비교를 했다. '쟤는 저런 부잣집에 살면서도 나보다 공부를 못해. 그럼 내가 저 부잣집에 살았다면 얼마나 공부를 잘했을까? 나는 더 잘할 수 있는 사람인데 집이 가난해서 기회가 없어.' 그러면서 밑도 끝도 없이 가난을 탓했다.

초경도 일찍 겪은 사춘기 초딩은 가진 것에 만족할 줄 몰랐다. 사춘기(思春期). 봄을 생각한다는 글자 뜻대로라면 나는 아마도, 남이 가진 것을 봄이라 여기고 내 주변을 겨울로 인식하고 있었던 것 같다. 봄은 언제 오나, 나도 봄을 누리고 싶다…. 겨울잠을 자는 뱀처럼 똬리를 틀고 앉아 바깥만 바라봤다. 남에 대한 부러움이 커지던 딱 그만큼씩 부모님에 대한 부끄러움도 커졌다. 부러움과 부끄러움이 너무 커서, 스스로의 자리가 어디인지 늘 헷갈렸다.

내 환경과 주어진 것을 그대로 받아들이면 되는 건데 그게 참 어려웠다. 모두가 노력하면 '극복'할 수 있다기에 학교에서는 아등바등 노력도 했다. 성적도 성격도 좋아 보이려 눈치 보고 애를 썼고, 선생님들이 칭찬해주실 때마다 콧대가 하늘로 치솟았다. 문제는 집이었다. '나는 역시 뛰어나군' 하며 집으로 돌아오면 현실의 시궁창이 나를 기다리는 것 같았다. 술에 취한 아버지, 어둡고 좁은 집…. 어디서부터 노력을 해야 할지 알 수도 없을 만

큼 암담했다. 학교생활은 바꿀 수 있었지만 집과 아버지
는 바꿀 수가 없었다.

어머니도 늘 "못해줘서 미안하다" 하셨기 때문에 난
'잘해줄 수 있는 환경'을 만나면 훨훨 날아갈 수 있는 사
람이라고 스스로를 생각했다. 실로 엄청난 자의식이었
다. 집 안에서의 나와 바깥에서의 내가 점점 분리되기 시
작했다. 밖은 열심히 하는 곳, 집은 대충 지내는 곳. '즐거
운'이라는 형용사와 '가정'이라는 명사는 내게 도무지 공
존할 수 없는 것이었다.

성인이 되어서도 크게 다르지 않았다. 입사한 지 몇 달
지나지 않은 어느 날, 점심시간을 앞두고 전화가 울렸다.
아버지였다. 근처에 볼 일이 있어 왔다며 점심이나 한 끼
사라고 하셨다. 전혀 반갑지 않았다. 나는 사무실 막내였
고, 회사 선배들과 먹는 점심이 더 즐거웠다. 갑자기 찾
아와 내 일상을 흔드는 아버지가 불편했다. 하지만 회사
앞이라고 하시니 단칼에 거절하기도 어려워 망설이다
나갔다.

아버지가 서 계셨다. 본인의 옷을 사 입는 법이 없었
던 아버지는 늘 삼촌들에게 맞지 않는 옷, 주변의 누군가

가 입지 않는 옷 등을 받아서 입었다. 어머니가 돌아가신 지도 한참 지난 때였고 나도 오빠도 직장 가까이서 자취를 하고 있었다. 혼자 지내시던 아버지는 얻은 옷들을 대충 꿰어 입고 다녔다. 사이즈가 맞지 않아 헐렁했고 색깔도 늘 혼란스러웠다. 아래위로 헐렁한 옷을 아무렇지도 않게 입은 채로 아버지가 나를 보며 웃었다. 함께 식당에 들어가 밥을 먹고 회사 앞에서 택시를 태워 보내면서 나는 내내 남의 시선을 신경 썼다. 아는 사람을 만나고 싶지 않았다.

그 순간순간들, 부모님도 아마 딸의 마음을 느끼셨으리라.

"거참, 일관되게 못됐네."

돌아보며 나를 욕한다. 욕도 하다가 한숨도 쉬다가, 삶의 여러 시기를 돌아보며 다양한 방법으로 후회를 하고 있다. 아무것도 되돌릴 수 없음을 잘 알면서도.

이미 지나가버린 시간이지만, 그때로 돌아갈 수 있다면 뭘 할까 상상해봤다. 우선 친구들을 데리고 과일 가게에 가고 싶다. 친구들에게 과일을 나눠주며 큰 소리로 "우리 엄마 가게 과일 진짜 맛있어" 하고 말하고 싶다. 옆에 계신 어머니가 으쓱하도록, 최대한 자랑스럽게 말할 수 있으면 좋겠다. 그리고 아버지를 모시고 백화점에 가고 싶다. 홀아비 냄새 폴폴 나는 아버지가 아니라, 근사한 새옷 입은 아버지로 꾸며드릴 수 있으면 좋겠다.

요즘은 그저 일상을 함께 누려보고 싶다는 생각을 해본다. 두 분 중 누구라도 건강하게 계신다면, 함께 영화도 보고 커피도 마시고 밥도 먹고 그런 소소한 일상을 누려볼 수 있을 텐데…. 아니, 아무것도 하지 않아도 좋을 것 같다. 그냥 얼굴을 마주 보고 싶다. 생기 있는 얼굴로 마주 앉을 수 있다면, 목소리를 들을 수 있다면, 따뜻한 손을 만져볼 수 있다면… 정말 좋을 것 같다. 그 모든 것을 누릴 수 있을 땐 소중한 줄도 모르다가, 이제야 그런 생각들을 해본다.

낯선 소리가 들리는 밤

◇◇◇◇◇◇◇◇◇◇◇◇

"몸에 안 좋은 게 생겼대."

그날의 모든 장면이 아직도 생생하다. 병원에 갔다 돌아오신 어머니는 덤덤한 표정이었지만 왠지 평소와 다른 느낌을 풍겼다. 나를 피하는 느낌 같은…. 방으로 따라가 "병원에선 뭐래?" 물었다. 어머니는 몸에 안 좋은 게 생겼다고 말하며 시선을 돌렸다.

그대로 욕실로 들어가려는 어머니를 붙잡았다.

"안 좋은 거? 뭐?"

욕실 문고리를 잡은 채로 어머니가 말했다.

"암이래. 유방암."

나는 당황한 나머지 빠르게 반박했다.

"에이, 말도 안 돼. 다른 병원 가면 달라지는 거 아니야? 오진 아니야?"

"크기가 좀 커서 빨리 수술해야 한다더라."

그 말을 끝으로 어머니는 욕실로 들어가버렸다. 어머니를 붙잡고 더 묻고 싶었지만 물을 수 없었다. '뭐가 크기가 크다는 말인데? 수술하면 해결되는 거야? 해결 안 되면 어떻게 되는 건데?'

'암'이라는 단어를 갑작스레 맞닥뜨린 고등학생은 현실 감각이 없었다. 엄마와 병, 엄마와 죽음, 이런 연결 고리를 떠올려본 적조차 없었기에 잘 해결될 거라고 막연하게 생각했던 것 같다. 멀쩡했던 사람이 갑자기 큰병에 걸리는 건 드라마에서나 일어나는 일이라 믿었다.

그날 밤, 자다가 문득 눈을 떴다. 새벽 2시쯤이었다. 어디선가 이상한 소리가 들렸다. 처음엔 거실의 TV 소리라고 생각했다. 'TV를 켜두고 주무시나 보다. 나가서 꺼야지' 하며 침대에서 몸을 일으켰다. 방문을 열려고 문고리를 잡는 순간, TV 소리가 아니라는 느낌이 들었다. 울

부짖음? 비명? 간헐적으로 이어지는 그 소리는 약해졌
다가 다시 세지고는 했다. 방문에 귀를 바짝 붙이고 소리
에 집중했다. 그러다 깨달았다. 너무나 낯선 목소리여서
못 알아들었을 뿐, 그것은 어머니가 내는 소리였다.

"내가… 내가…."

알아들을 수 있는 유일한 말이었다. 중얼중얼 다른 소
리들도 들렸지만 알아듣지 못했다. 사람이 낸다고는 믿
기 어려운 소리, 그런 소리로 어머니가 울부짖고 있었다.
하루 종일 참았을 울음이었다. 담담한 듯 하루를 보내고
밤이 깊어지고 나서야 터져 나온 울음.

나는 고민했다.

'나가볼까? 아니야. 저렇게 우는 모습 나한테는 안 보
이고 싶을 것 같은데….'

갈등하다 방문 앞에 쪼그려 앉았다. 문을 열고 마주할
어머니의 모습이 두려웠던 것도 같다. 낯선 울음소리에
귀를 기울이며, 나도 따라 울었다. 소리를 죽여 훌쩍댔
다. 암이구나. TV에 나오던, 사람이 죽을 수도 있다는 그
암이 어머니한테 왔구나. 그제야 실감이 났다. 상황이 안
좋다는 느낌과 함께.

울음소리는 한참 이어졌다. 내내 망설였다. 나가볼까. 혼자 있고 싶을까. 저런 모습 내가 모르길 바라려나. 몇 번을 일어났다 앉았다 했다. 시간이 얼마나 흘렀을까. 서서히 울음소리가 잦아들었다. 방문 너머가 조용해졌고, 나는 문 앞에 쪼그려 앉은 채로 아침을 맞았다. 어머니는 잠이 드셨나. 조용히 문을 열어봤다.

여느 아침과 다를 바 없는 모습으로 어머니는 거실에 앉아 있었다. 나를 보고 "잘 잤어?" 하고 아무렇지 않게 말을 건네시기에 나도 그저 "응" 대답하며 욕실로 향했다. 어머니와 나는 열연을 펼치는 중이었다. 모든 것이 달라진 아침을 맞았으면서도, 아무 일도 일어나지 않은 평범한 아침에 하던 행동을 흉내 내려 용을 쓰고 있었다. 두 사람 다 빠알간 눈을 하고, 그렇게 연기를 했다.

나를 부르는 불빛

$\diamond\diamond\diamond\diamond\diamond\diamond\diamond\diamond\diamond\diamond$

깜박깜박, 빨간 불빛이 점멸했다. 독서실 내 자리에 달린 조그만 전구가 처음으로 빛을 냈다. 누가 날 찾아왔다는 신호였다. '설마….'

어머니가 암 선고를 받은 지 몇 달 후였다. 그날 저녁에도 나는 독서실에 있었다. 집에는 암 환자인 어머니가 있고, 어머니를 돌보기 위해 아버지도 종일 집에 머무는 날들. 중학생 무렵부터 아버지가 집에 계실 때면 독서실로 피신해 있곤 했다. 공부를 열심히 하는 학생은 아니었다. 그저 집 외에 머물 곳이 필요했을 뿐. 어두운 독서실

내 자리에 앉아 시간을 보내다 잘 시간이 되면 집으로 돌아왔다.

우리 독서실은 1층 안내 데스크에서 호출 벨을 누르면 책상 앞에 붙어 있는 조그만 전구에 빨간 불이 들어오는 시스템이었다. 내 자리에 그 불이 들어온 적은 없었기에 처음에는 잘못 눌렀겠거니 했다. 엉덩이를 떼지 않았다. 하지만 빨간 불은 계속 깜박였다. 순간, 어머니가 떠올랐다. 벌떡 일어나 1층으로 달려 내려갔다. 날마다 주문처럼 '괜찮으실 거야' 생각하던 때였지만 갑작스러운 호출 상황에 떠오른 건 '끝'이었다. 어머니의 끝. 누군가 엄마의 죽음을 알리러 나를 찾아온 건가.

1층에 도착하자 뿌연 시야로 아버지가 들어왔다. 팔을 들어 올리다 만 것 같은 자세로, 표정도 어정쩡하게 서 계셨다. 서로 말없이 2~3초쯤 마주 보고 있다가 내가 먼저 입을 열었다.

"엄마는요?"

"자는 거 보고 잠깐 왔다. 짐 챙겨 나와라. 집에 가자."

"……."

안도한 것도 잠시, 가방을 챙겨 나서면서 의아한 마음

이 들었다. 술에 취해 있거나 주무시거나 할 분이 갑자기 왜 오신 거지?

아버지는 묵묵히 앞장서 걸어가셨다. 독서실에서 집은 도보로 20분쯤 거리. 그 거리가 한없이 길게 느껴졌다. 아버지와 단둘이 걷는 상황 자체가 처음인 것 같았다. 적막한 길을 그저 아버지 뒤만 따라 걸었다. 이 어색함을 벗어나려면 1초라도 빨리 집에 도착해야겠다고 생각하고 속도를 막 높이려는데, 아버지의 목소리가 들려와 발걸음이 멎고 말았다.

"늬 엄마가, 많이 안 좋은 것 같다."

이미 알고 있던 얘기라 충격을 받지는 않았지만, 낮게 가라앉은 목소리의 무게에 나도 모르게 멈추어 섰다. 아버지는 내가 멈추든 말든 아랑곳없이 그저 같은 속도로 터벅터벅 바닥만 보고 걸으셨다.

"몇 달 못 살 것 같다. 의사들 하는 말도 그렇고."

고개도 돌리지 않은 채 말씀을 이어갔다.

"그럼 너랑 나…, 둘이서 살아야 한다."

눈물이 차올랐지만 입술을 꽉 깨물고 참았다. 아버지 곁에서는 정말 울고 싶지 않았다. 다시 천천히 뒤따라 걸으며 아버지의 말을 곱씹었다. 아버지와 나, 단둘. 어머니가 없는 집이 그려지지 않았다. 아빠와 나만 이 집에 남겨두고, 엄마는 어디로 가려는 걸까.

　살면서 참 여러 번 떠올린 열일곱 살의 밤들. 당시 나는 내가 다 자랐다고 생각하고 있었다. 어른에 가깝지만 아직 학생일 뿐인 거라고 여겼다. 하지만 20대, 30대, 나이를 먹어갈수록 그 시간들의 내가 철부지처럼 느껴진다. 당시의 모난 마음과 미성숙함이, 갈수록 선명하다. 타인을 품어 안는 건 용기가 필요한 일이었고, 열일곱 살 나에겐 그런 용기가 없었다. 그저 말없이 혼자 웅크리는 편을 택했다.

　어머니가 안방에서 우시던 밤을 돌아본다. 나는 왜 방문을 열지 못했을까. 문 앞에 쪼그려 앉아 훌쩍이는 대신 방문을 열었다면 어땠을까. 홀로 우는 어머니를 꼬옥 안아드리고 함께 이겨내보자고, 희망을 가져보자고 말했다면 어땠을까. 만약 그랬다면, 내가 그럴 수 있었다면, 어머니는 좀 더 오래 버틸 힘을 낼 수 있지 않았을까.

　아버지가 독서실로 나를 찾아오셨던 그 밤도 돌아본다. 아버지가 왜 왔을지 거듭 생각해봤다. 힘드셨을 레지. 술로 보내버린 젊은 날들에 대한 후회, 곁에 있던 아내가 갑자기 떠나버리는 것에 대한 두려움. 그 감정만으로도 충분히 버거웠을 텐데, 나를 포함한 주변 모두가 아버지를 원망하는 상황이었다. 잠든 어머니를 보며 그 감정들 어딘가를 헤매다, 앞으로의 일들을 상상하다, 문득 독서실에 있는 딸을 떠올리셨으리라. 핸드폰 연락도 없이 불쑥 오신 걸 보면 아버지도 차분한 상태는 아니었다.

"아빠, 힘들죠?"

이 정도 말쯤은 할 수 있었을 텐데…. 마음에 쌓여 있는 미움이 너무 컸고 내 감정만 끌어안고 있기에도 버거웠다. 당시의 내가 누구라도 붙잡고 위로받고 싶었던 것처럼, 부모님도 그런 마음이지 않았을까. 두 분 역시 힘들게 하루하루를 버티고 있었을 것이다.

우리 가족은 먼발치에서 서로를 지켜보기만 하는 상황에 너무 익숙해져 있었다. 켜켜이 쌓인 시간 안에서 멀어져버린 거리. 부모님도 내게 다가오지 못했고 나 역시 부모님에게 다가가지 못했다. 서로 거리를 두고 바라보기만 했다. 각자 겪고 있는 엄청난 감정의 무게를 우린 나누지 못했다. 나눌 생각조차 못 했다.

'…했다면 좋았을 텐데….' 수많은 가정법 문장들이 삶 속에 빼곡히 들어차 있다. 함께 나눴다면, 서로 위로해줬다면, 각자의 무게가 조금은 덜어지지 않았을까. 어머니도 조금 더 힘을 내고 아버지도 술이 아닌 다른 것을 찾을 수 있지 않았을까. 돌아보고 가정해본들 아무것도 바뀌지 않음을 잘 알면서도 자꾸만 돌아보고 질문한다.

말 폭탄은 문신이 된다

◇◇◇◇◇◇◇◇◇◇◇

"엄마가 이렇게 된 건, 다 아빠 때문이에요."

"아빠가 엄마를 죽인 거예요."

어머니의 장례 때 아버지 면전에 대고 나는 말했다.

어머니의 죽음과 아버지의 죽음은 그 뒤에 겪은 감정의 결에서도 차이가 컸다. 어머니가 돌아가셨을 때는 자기연민이 컸다. 어머니를 일찍 여읜 가엾은 여고생이라는 자기연민. 그리워, 보고 싶어 같은 말들을 삼키며 버텼다. 아무것도 할 수 없는 게 무력했고, 무력함을 받아들이고 나니 우울했다.

이 시기를 지나는 데는 아버지를 향한 미움이 사실 큰 도움이 됐다. 우울과 무력감은 사람을 멈추게 하지만 미움과 증오, 분노는 사람을 들끓게 만듦을 배웠다. 멍하니 있으면 잘 흐르지 않던 시간도, 미움을 품고 복수까지 꿈꾸면 잘도 흘렀다. 아버지가 삶을 후회하도록 만들고 싶었다. 어머니 죽음에 대한 책임을 오롯이 아버지에게 전가했다. 지금도 일정 부분은 책임이 있다고 생각하지만 당시에는 전부 다 아버지 탓이라고 여겼다. 어머니 문병을 갈 때마다 아버지를 째려보기 바빴고, 장례 때는 대놓고 말을 했다. 그리고 차마 내뱉지 못한, 더 심한 말이 마음속에 있었다.

'엄마 대신 아빠가 죽었어야 했어요.'

그 마음을 아버지도 고스란히 느꼈으리라. 복수까지 다짐해온 나는 어떻게 복수해야 할지 몰랐기에 말로 그 마음을 뱉어냈다. '이러면 안 돼. 잘 지내자' 하다가도 심사가 뒤틀리면 화르르 불이 붙었다.

"우리한테 해준 게 뭐 있다고 효도를 바라세요."

"우리 한창 공부하고 힘들 때 아빠는 혼자 잘 살았잖아요. 만날 술 먹고 자고."

"인생 낭비했죠, 아빠는."

"아, 제발 퇴원 좀 하자 아빠. 우리 병간호는 해준 적도 없잖아요."

그랬기에, 아버지가 돌아가셨을 때 깊은 후회가 밀려 왔다. 뱉어두고 잊고 지냈던 막말들이, 아버지 죽음 이후 한데 뭉쳐져 나를 향했다. 자다가 벌떡 일어나 "와, 나 진짜 쓰레기였네" 할 정도였다. 주워 담기엔 너무 늦은 말들이 지금도 내 주변을 떠다닌다.

막말에 대한 후회와 더불어 아버지의 호의를 무시했던 일들도 떠올랐다. 아버지가 관계 회복을 위해 애쓰는 순간들이 나는 불편했다. '진작 좀 이러지' '이미 늦었어요' 하는 메시지를 꾸준히 아버지에게 던지려 애썼다. 내 뒤틀린 마음을 풀어주려 건네는 마음을 외면했다. 잘 지내고 싶지 않았다. 아버지를 '악당'으로 보고 자라왔기에 갑자기 일어나는 변화들이 낯설기만 했다.

10여 년 전부터였을 것이다. 해마다 내 생일이면 아버지는 잊지 않고 3만 원을 입금해주셨다. 그러고는 전화로 알려왔다.

"생일 축하금 보냈다."

"감사합니다. 잘 쓸게요" 하면 될 것을, 난 꼭 한마디를 덧붙였다.

"이런 거 안 보내주셔도 돼요."

그 안에 담긴 뜻은 이랬다.

'고작 3만 원이 무슨 큰 보탬이 된다고…. 아버지가 그렇죠 뭐.'

아버지도 충분히 그 느낌을 눈치 챌 수 있을 정도로 거만한 말투였다. 아버지 마음을 몰랐던 건 아니다. 아버지에게 3만 원은 큰돈이었고, "맛있는 거 사 먹어라" 할 수 있는 최대치 금액이었다. 잘 알고 있었다. 그럼에도 그 상황이 불편했다. 다정한 호의에 다정하게 답할 수가 없었다.

또 한 가지 기억. 내가 신문사 편집기자로 일을 시작하면서 아버지는 우리 회사의 신문을 구독하셨다. 메이저급 언론사 입사를 목표로 하던 나는 몇 차례 낙방한 끝에 작은 회사에 입사했고, 아버지에게 큰소리 뻥뻥 치려던 계획을 이루지 못해 잔뜩 위축된 상태였다. 아버지 집에 갈 때마다 거실 한쪽에 쌓여 있는 회사 신문들이 거슬렸다. 게다가 아버지와 신문이라니, 어울리지 않는다고 생각했다.

"아빠, 이거 읽기는 읽어요?"

신문에 일일이 구멍을 뚫어 끈으로 엮어놓은 뭉치를 가리키며 묻기도 했다. 그러면 아버지는 휘리릭 넘기며 읽는다고 답했다. 아버지에게 그 신문은 '숨은 그림 찾기' 같은 것이었다. 많고 많은 활자들 속에서 오로지 기사의 마지막 줄만 훑어가며 딸 이름을 찾았다. 제목도 내용도 보지 않고 이름만 보는 신문 읽기였다. 회사 상황상 취재를 하고 기명 기사가 게재되는 경우가 종종 있기는 했지만, 매번 등장하지는 못했다. 그러자 어느 순간부터 아버지는 회사 취재기자 이름들을 줄줄 외었다. 딸의 이름을 찾으려 매번 다른 이름들을 읽어대다 보니 저절로 외게 된 것이다.

여러 번 설명을 드렸다. 나는 편집기자라서 지면 레이아웃 만드는 일을 주로 한다고. 내 이름은 자주 나오지 않을 거라고. 하지만 아버지는 꿋꿋하게 매주 신문을 받아들고 이름들을 읽어댔다. 거참, 말이 통하지 않는 건 한결같았다. 여전히 다른 곳을 바라보고 있는 시선이, 늘 어긋나기만 했던 우리 사이 같았다. 딸이 애써 만든 지면

들은 도통 보질 않고 이름들만 읽어댔으니….

10년 넘게 일했기에 신문 스크랩 더미도 거대해졌다. 묵직한 신문 뭉치를 쓰레기장에 내놓는 것도 큰일이라 구독을 끊으시라고 수차례 얘기했다.

"요즘은 인터넷으로 다 볼 수 있어요. 이런 것 좀 모으지 마세요."

"야, 네가 전화도 잘 안 하는데 이거라도 매주 오니까 너 살아 있나 보다 생각하지. 이거 못 오게 만들 거면 대신 네가 편지라도 보내라."

전화도 잘 안 하는 딸에게 편지를 쓰라니, 너무 기가 막혀서 뭐라 대꾸도 하지 못했다.

입원해 계시는 동안에도 신문은 꾸준히 배달되었다. 끈으로 엮이지 못한 신문들은 문 앞에 쌓였고 그것들을 오빠가 주기적으로 내다 버렸다. 구독을 중지하면 될 일이었지만 나 역시 모른 척 그대로 뒀다. 구독을 끊으면 아버지가 다시는 집으로 돌아오지 못하신다고 인정하는 것만 같았다.

아버지가 돌아가시고 집 정리를 하면서 거실 한구석에 쌓여 있던 스크랩 뭉치도 버렸다. 이렇게 큰 종이 뭉치를 뭐하러 만들어서 이 고생을 하게 하나 생각했다. 정말 구제 불능 아버지였다. 이게 뭐 귀한 거라고 쪼그리고 앉아서 일일이 구멍을 뚫고 끈으로 엮고…, 대체 왜 이런 일을 한 건데! 길에 서서 그만 엉엉 울었다. 끝까지 마음을 헤집어놓다니…. 난 왜 말하지 못했을까. "아빠가 봐주니까 좋네요" 같은 말 한마디라도 했으면 참 좋았을 텐데…. 정말 구제 불능 딸이었다.

부모는 효도를 기다려주지 않는다고들 한다. 내 주제에 효도까지는 바라지도 않는다. 다만 한 인간으로서 다른 인간을 그토록 상처 입혔음이 뼛속 깊이 후회됐다. 해서는 안 될 말들을 너무 쉽게 뱉어버렸다. 내가 상처를 받으며 자랐기에 되돌려주는 것이라 여겼지만, 그 공격들이 내게도 고스란히 상처가 됐음을 아버지가 돌아가신 후에야 알게 됐다. 가시 돋친 말은 상대를 찌름과 동시에 나를 찌른다. 내가 뭐라고, 아버지를 단죄해야 할 대상으로 바라봤을까.

부모님과 사이가 좋지 않은 이들을 주변에서 자주 본다. 각자의 사정이 있으니 주제 넘은 줄은 알지만 하나만은 얘기하고 싶다. '마지막 공격'만은 참아내기를. '이건 좀 심했나' 싶을 말들은 부디 참아내고, 이미 뱉은 말이 있다면 사과라도 해서 털어내기를. 내가 던진 말 폭탄이 되돌아와 문신처럼 몸과 마음에 새겨진다는 것을, 나는 너무 늦게 알아버렸다.

자식에게 최선이란

⬦⬦⬦⬦⬦⬦⬦⬦⬦⬦

"야, 오래 살자."

"그래. 오빠도 작작 마시고 건강 좀 챙겨."

아버지의 삼우제를 치르고 오빠와 술을 마셨다. 술에
빠진 아버지를 구하지 못한 남매는 '이놈의 술' 욕하면서
도 마주 앉아 술잔을 부딪쳤다.

"오빠는 아빠한테 최선을 다한 것 같아?"

"음? 최선?"

오빠는 망설이다 답했다.

"최선까지는 모르겠고, 할 수 있는 만큼은 한 것 같다."

내가 보기에 오빠는 최선을 다했다. 홀가분한 듯 보이는 그 얼굴이 부러웠다.

아버지의 길었던 입원 기간 내내 나를 괴롭힌 건 돈과 시간이었다. 워킹 맘이다 보니 더 열악한 상황이었다. 돈도 없고 시간도 없고, 아이도 챙겨야 했다. '오빠는 나보다 여유 있잖아' 하며 많은 것들을 오빠에게 미뤘다. 돈도 시간도 오빠가 더 들였다. 그랬기에 장례 후의 감정 차이는 어쩌면 당연한 거였겠지.

가족 누군가 아프다는 이야기는 돈과 직결되는 것임을 배웠다. 생활비도 빠듯한데 아버지가 응급실에 갔다가 입원까지 거치고 나면 수백만 원이 깨졌다. 오빠가 더 많은 돈을 냈음에도 버거운 액수였다. 병원은 무서운 곳이었다. 병도 무섭고 돈도 무서운데, 그 두 가지가 서슬 퍼렇게 노려보는 무시무시한 곳이 병원이었다.

한편으로는 궁금했다. 우리처럼 직장 다니는 자녀마저 없는 노년들의 삶은 어떻게 되는 것일까. 우리 둘 다 실직 상태였다면 그 돈을 감당할 수 있었을까? 그런 사람들은 병을 어떻게 해결하는 걸까.

돈도 시간도 한정되어 있으니 우선순위에 따라 살아

야 했다. 중요한 순서에 따라 돈과 시간을 배분했다. 아이, 직장, 각종 행사, 그다음쯤이 아버지의 자리이자 몫이었다. 시간도 돈도 남지 않으면 줄 수 없고, 남는 것이 없으니 억지로 짜내야 하고, 억지로 짜내다 보니 입원이 길어질수록 버거웠다. '부모라는 것이 참 보잘것없는 위치구나' 생각했었다.

만약 내 아이가 그 상태였다면, 그래도 똑같이 했을까? 절대 아니다. 아버지는 나이가 들었으니까, 뇌손상이 있으니까, 앞으로 남은 날이 엄청나게 길진 않을 테니까 등 갖가지 이유를 붙이며 스스로를 납득시켰다. 주어진 상황에서 할 수 있는 만큼의 역할만을 쳐내면서 그 이상의 노력은 기울이지 않는 상태. 어쩌면 '외면'이라 이름 붙여도 마땅한 시간들. 마음에 원망이란 것이 없었다면 좀 더 노력할 수 있었을까? 무엇이 최선이었을까.

'최선을 다하진 않았어' 하고 후회하면서도 '어쩔 수 없었잖아' 하며 도망치려는 나를 본다. 깊이깊이 후회하면서도, 변명을 덧붙인다.

아버지를 보낸 후 아이러니하게도 '보험을 잘 들어놔야지' 생각했다. 나에게 무슨 일이 생기더라도 내 새끼는 나와 같은 고생을 겪지 않았으면 하는 마음이었다. '엄마가 대비를 잘해놨네' 하고 내 아이가 느끼기를 바란다. 그 마음으로 간병인 보험까지 알아보는 나. 부모는 '대충' 보내고, 자식은 '살뜰히' 챙기는 나. 참 서글픈 게 부모 역할이구나 싶다.

어제의 장미, 오늘의 카레

◇◇◇◇◇◇◇◇◇◇

　어머니가 병원에 입원하셨을 때 문병객의 발길이 잦았다. '마지막'이 될지 모를 인사를 건네려는 사람들. 6월이었나, 방문객 중 누군가 꽃다발을 놓고 갔다. 하늘색미니장미 다발이었다. 꽃병에 꽂아두고 싶었지만 꽃병이 없는 데다 말리는 게 더 예쁘다는 말을 듣고, 병실 냉장고 위에 다발째 올려뒀다.

　2인실이었지만 옆 침대는 비어 있었다. 병실 문을 열면 환자 얼굴이 보이도록 침대가 배치되어 있었고, 구조상 어머니는 냉장고 위 꽃다발을 계속 볼 수밖에 없었다.

미니장미의 수명은 놀랍도록 짧았다. 병원에 갈 때마다 갈색으로 확확 변하더니 일주일쯤 됐을 땐 한두 송이에만 겨우 하늘색이 남아 있었다.

"저 꽃 봤어?"

어머니가 물었다.

"응, 버려야겠더라. 예쁘게 안 마르네."

"그래. 그렇게 예쁘더니, 확 시들고 결국 죽네."

별일 아닌 듯 툭 내놓으신 그 문장이 찌르르 와 닿았다. 무슨 말을 해야 할지 몰라 어머니를 바라봤는데 어머니는 나를 보지 않고 있었다. 눈물이 핑 돌았지만 분위기를 수습해야겠다고 생각했다.

"뭐야, 마지막 잎새야?"

어이없지만 분명 웃자고 던진 말이었다. 꽃은 꽃일 뿐, 당신의 남은 시간과 연결 짓지는 말아줬으면 하는 마음이었는데… 역효과였다.

"……."

주워 담을 수 없는 말을 병실에 두고, 일단 화장실로 도망쳤다. 그러고는 마음먹었다. '다음에 올 때 똑같은 꽃을 사 와서 바꿔치기 해버려야지. 시들기 전에 계속 새

걸로 바꿔줘야지.'

　다음 문병 날. 수업을 마치고 버스에 올랐다. 20분쯤 타고 가다 중간에 내려 꽃집에서 꽃을 사고, 다시 버스를 타고 병원에 갈 생각이었다. 가는 길에 버스에서 잠이 들었다. 정신을 차리니 집 앞 정류장. 꽃집은 이미 한참 전에 지나 있었다. 꽃은 내일 사야겠다고 생각하며 집으로 갔고, 가자마자 쓰러지듯 잠이 들었다. 그즈음 난 이상하게 자꾸 잠이 쏟아져 일상생활이 어려울 정도였다. 다음 날 버스에서 정신을 차렸을 때는, 이미 집을 지나 병원을 향하는 중이었다. 어쩔 수 없이 빈손으로 병원에 갔다. 그렇게 '오늘은 꼭 사야지' 매번 다짐하며 버스를 탔고, 곧 잠에 빠졌다. 잠들지 않으려 애를 써봤지만 번번이 실패했다.

　그렇게 꽃 사는 걸 미루고 미루다 7월이 왔고, 어머니가 돌아가셨다. 새 꽃다발은 끝내 드리지 못한 채로. 어머니가 위독하시다는 이야기를 듣고 병원으로 가던 그 마지막 밤에도 '결국 꽃을 못 샀네' 생각했다. 병실 정리를 하며 시든 꽃다발을 내 손으로 버렸다. 그렇게 예쁘더니 금세 다 죽어버린 꽃. 쉽게 시드는 꽃도, 이까짓 걸 못

사다둔 나도, 참 싫었다.

아버지가 돌아가셨을 땐 카레가 문제였다. 병원에서 먹고 싶다고 말씀하신 걸 마음에 품고 있었지만, 평일에는 떠오르질 않았다. 금요일 퇴근길에 장을 봐야겠다는 다짐만 수차례. 주말이 오고 문병을 위해 집을 나설 때가 되어서야 항상 생각이 났고, '다음 문병 때는 꼭 만들어 가야지' 하는 다짐만 쌓였다. 이런저런 이유들로 미루고 미루다, 카레 만들기를 실행에 옮긴 건 삼우제 아침이 되어서였다. 치아가 안 좋으셨던 아버지가 떠올라 당근과 감자, 고기를 되도록 작게 자르려 애쓰다가 자꾸 칼질을 멈춰야만 했다. 눈물이 차올라 앞이 잘 보이지 않았다. 이걸 왜 이제 와서 한다고 지랄이냐…. 이 게을러터진 것아…. 스스로를 욕하는 말들이 깊은 속에서 치밀어 올랐다.

'다음'이 있다고, '내일'이 있다고 당연하게 믿은 날들이었다. 설마 오늘이 마지막은 아닐 거라고 막연히 믿고 그렇게 미루다가 결국 못 건넨 것들. 정신을 차리고 보니 나만 내일로 넘어와 있었다. 못 드린 꽃도 카레도 다 어제에 남고, 받을 사람들의 자리는 비어 있다.

한번은 나 자신에게 물어보았다. 어머니, 아버지와 다

시 하루를 보낼 수 있다면 뭘 하고 싶으냐고. 뭘 하면 후회를 조금이라도 줄일 수 있겠느냐고.

그건 우습게도 '돈 지랄', 요즘 흔한 말로 '플렉스'였다. 눈앞으로 바다가 펼쳐지는 넓디넓은 근사한 숙소에서 하루를 보내게 해드리고 싶다. 현실의 고단함 따위 싹 잊어버릴 수 있는 멋지고 화려한 곳으로 두 분을 모셔가고 싶다. 언제까지나 두고두고 기억하실 수 있도록…. 한 상 가득 차려진 음식들을 앞에 두고 함께 사진도 찍어보고 싶다. "이거 진짜 비싼 거래요" "딸 키워두니 좋죠" 하는 생색도 내보고 싶다. 생색 뒤엔 미처 하지 못했던 말, "그동안 힘드셨죠. 고마워요"를 쑥스럽게 덧붙일 수 있으면 좋겠다.

숲길도 걷고 싶다. 아홉 살짜리 아들이 뛰어다니고 나는 어머니와 팔짱을 끼고 도란도란 이야기하면서. 아버지와 오빠는 한참 뒤에서 엉거주춤 따라올 것 같다. "진작 이런 데 좀 와볼걸" 어머니가 말씀하시면 "이제라도 왔으니 다행이에요" 해야지. 소리 내 웃으면서 그 순간을 듬뿍 느껴보고 싶다.

부모님을 어제에 남겨두고 나는 오늘을 산다. 내일이

오면 오늘처럼 또 이렇게 아무 일도 없는 듯 살게 되겠지. 내 곁의 빈자리는 내일도 그다음 날도 그대로 있으리라. 꼭 지녀야 할 소중한 물건처럼 그 빈자리와 함께 나아가는 것, 그것이 내게 주어진 삶이란 걸 이제 알 것 같다. 삶의 고비마다 그 자리를 바라보게 되리라는 것도. 빈자리가 그렇듯 후회라는 감정도 세월을 품으며 무게를 더하겠지. 그 모두를 껴안고 살아가는 것이 여기에 남겨진 나의 역할인 것 같다.

4부

이젠,
이해하려 합니다

두 번째 성장

◇◇◇◇◇◇◇◇◇◇◇

결혼한 뒤에는 크리스마스와 명절, 시어른 생신 등의 특별한 날이면 주로 시댁 식구와 함께 지냈다. 좋은 곳에서 외식을 하거나 음식을 준비하는 시어머니 곁에서 상차림을 도왔다. 그럴 때면 어김없이 아버지가 생각났다. 아버지는 지금 뭘 하고 계실까 궁금했다. 남편에게도 얘기를 몇 번 해서였을까, 어느 날 남편이 물었다. "결혼하고 효녀가 됐냐"고. "효녀는 무슨"이라고 답하면서 내가 왜 이렇게 자주 아버지 생각을 할까 생각해봤다. 시부모님의 영향인 것 같았다. 아버지와 같은 연배인 시부모님과 시간을 보내면서 내 부모와 이런 시간을 보낸 적이 있었나 싶었고, 내 부모에겐 따뜻한 밥 한 끼 차려드린 적이 없구나 하는 생각도 들었다. 그렇다고 효녀로 거듭난 것은 아니었고, 그저 일상 중에 아버지를 생각하는 빈도가 늘어났다. 남편의 아버지는 내가 차린 상에서 밥을 드시는데 내 아버지는 뭘 드시기는 했으려나, 궁금했다.

아이가 태어나고 이런 궁금증은 좀 더 잦아졌다. 시부모님은 손자의 일상을 궁금해했고 자주 보고 싶어 하셨다. 특별한 날이 아닌 주말 등에도 뵙는 일이 자연스레 많아졌고, 그런 시간을 보내고 집에 오면 아버지는 뭘 하시려나 궁금했다. 진짜 효녀로 업그레이드 됐다면 직접 뵈러 갔겠지만 그 정도의 변화는 내게 일어나지 않았다. 혼자 계실 아버지의 상황이 눈앞에 뻔히 그려졌음에도 당장 움직이지는 않는, 딱 거기까지였다.

아이가 크면서는 나의 어린 시절과 함께 과거 부모님 모습이 겹쳐 보이기도 했다. 오빠와 나는 집 근처 유치원을 놔두고 멀리 있는 교육대학 부설 유치원을 다녔다. 내 아이를 별 고민도 없이 집 근처 유치원에 보내면서 새삼 어머니의 교육열을 느꼈다. 가난한 형편에도 오빠는 사립 초등학교를 졸업했다. 아버지 벌이로 감당하기 버거웠을 것이란 생각이 절로 들었다. 아버지의 지갑 안에 매주 들어 있던 복권의 무게가 절절히 느껴졌다.

아이가 자라고 나도 나이를 먹으면 이런 이해의 폭이 더 넓어지지 않을까. 부모님을 이해하기도 하고, 나는 절대 그러지 말아야겠다고 다짐하며 다른 선택을 하기도 하고. 결혼을 하고 아이를 낳는다고 효녀가 되는 것은 아니지만, 그러기 전보다는 부모님을 자주 떠올리고 그들 삶에 한 발 더 다가가게 되는 건 맞는 것 같다. 우리 부모님도, 그 윗대의 부모도 그랬으리라 짐작해본다. 부모가 된다는 것은 생명체를 키워내는 일일 뿐 아니라 자신의 지난 생을 다시 보고 그 안에서 연속성을 느끼는 것, 그렇게 한 번 더 성장하는 기회를 맞는 일인 듯하다.

삶으로 증명하기

◇◇◇◇◇◇◇◇◇◇

초등학교 소풍날 아침, 어머니가 김밥을 싸고 계시면 나는 그 곁으로 다가가 속재료가 튀어나온 꽁다리를 집어먹었다. 그럴 때마다 어머니는 김밥 몸통만 모아놓은 접시를 내 앞으로 밀어주셨다.

"그런 거 먹지 말고 이거 먹어라."

"왜, 이게 더 맛있는데⋯."

"예쁜 거 먹어야 팔자도 고와지는 거야. 예쁜 것만 먹어."

편식을 그렇게 해도 별말 없던 어머니가 그때만큼은

단호했다. 팔자가 뭔지 몰랐던 어린 나로서는 어리둥절할 따름이었다.

중학생 시절, 어머니에게 자주 물어보았다.

"엄마, 왜 아빠랑 이혼 안 해? 그냥 우리끼리 사는 게 낫지 않아?"

술 취한 아버지가 집에 있으면 언제 화를 낼지 몰라 눈치를 봐야 했기에 차라리 아버지가 없는 편이 더 좋겠다고 생각했다.

"너네 다 커서 시집 장가 가면 그때 보고."

"아빠가 먹는 거 아껴서 우리가 나눠 먹으면 더 잘 살 것 같은데."

이런 대화는 늘 나의 다짐 비슷한 말로 끝나곤 했다.

"나는 진짜, 엄마처럼은 안 살 거야."

어머니가 어떤 대답을 하셨던가. 기억나지 않는다.

이 무렵 어머니와 아버지는 꽤나 자주 다투셨다. 다투면서 오간 말들 중에 내 뇌리에 가장 깊게 박힌 아버지의 대사는 이랬다.

"내가 이렇게 된 게, 다 니 팔자 때문이다."

어머니는 아무 대꾸도 하지 않았다. 그럼에도 아버지

의 말이 칼이 되어 어머니를 찌르는 것처럼 보였다. 아버지는 술에 취한 상태에서 증오와 적개심, 무시 같은 나쁜 감정을 꾹꾹 담아 그 말을 뱉어냈다. 난 청소년 입장에서 딱히 할 수 있는 것이 없었으므로 아버지를 죽일 듯 노려보는 것으로 분노를 표현할 뿐이었다. 누가 봐도 분명 아버지의 생활이 문제였던 때였다. 가장의 역할은 팽개친 채 술로 세월을 보내는 아버지가 문제였다. 당신은 그걸 어머니 탓으로 넘겼다. 그것도 너무나 당당한 태도로.

"느그 아버지가 술 먹고 돌아가셨잖아. 그 귀신이 니한테 붙은 거다. 내가 이렇게 된 건, 다 니 팔자 때문이다."

외할아버지도 술을 즐기던 분이었다. 어느 밤 술에 취해 귀가하던 길에 발을 헛디디면서 강물에 빠져, 그길로 세상을 떠나셨다고 한다. 인적도 드문 시각이라 외할아버지는 한참 후에야 발견됐다. 나는 이 이야기를 아버지에게서 들었다. 아버지 역시도 술에 취한 상태에서 중얼중얼 들려준 이야기였다. 그 후로 한동안 어머니를 볼 때마다 검푸른 강물이 생각나곤 했다. 그렇게 당신 아버지를 잃고 또다시 술로 사는 남편을 만나 살다니 얼마나 힘들까. 그러면서도 흠칫 두려웠다. 외할머니의 삶도 우리 어머니의 삶과 비슷하지 않았을까. '딸은 엄마 팔자를 닮는다'던데, 그럼 나는 어떻게 되는 거지? 그런 생각이 들 때마다 속으로 다짐했다.

'나는 절대 엄마처럼은 안 살 거야.'

어머니가 유방암으로 돌아가신 후, 주변 어른들은 병의 유전에 대해 염려했다. 20~30퍼센트 확률로 딸에게 유전된다는 유방암. 생전에 어머니는 일가친척 중 암에 걸린 사람이 없었고 본인만 '특이한' 경우라고 여러 번 이야기하며 유전 가능성을 부정하셨지만, 사실 나는 병이 유전되는 것보다 팔자라는 것이 대물림되는 게 더 무서웠다.

어머니의 죽음이 지금까지도 서글픈 건, 내가 지켜본 어머니의 삶이 단 한순간도 행복해 보이지 않았기 때문이다. 평생 고생하고 전전긍긍하며 살았지만 아무것도 남은 것이 없어 보였다. 어찌저찌 이사를 하고 비로소 집 다운 곳에서 침대 생활을 하며 온수를 즐길 수 있게 됐는데, 그걸 누려보기도 전에 암 선고를 받고 세상을 떠나버린 어머니. 그런 어머니가 지닌 것이라면 무엇도 닮고 싶지 않았다.

　어머니가 돌아가신 지 20년이 되는 해에 남편과 별거를 시작했다. 짧다면 짧은 7년의 결혼생활 동안 자주 부모님의 삶을 떠올렸다. 닮고 싶지 않다고 기를 쓸수록 내 삶이 어머니의 것과 비슷해지는 것 같았다. 혼자 아등바등하는 시간이 쌓일수록, 어머니의 '끝'이 내 앞에 선명히 펼쳐지는 듯한 느낌이 들었다. 팔자라는 녀석이 내 앞에서 기다리고 있는 것 같았다.

　그럼에도 수년간 참고 버텼다. 가정을 지키고 싶은 마음이 꽤나 컸다. 결손 가정이란 말만큼은 아이에게 물려주고 싶지 않았다. 나는 고등학교 시절 내내 '엄마 없는 애'라는 굴레에 갇혀 살았다. 그 시선이 얼마나 불편한 것인지 잘 알고 있었기에, 어떻게든 참고 버텨 결손이 없는 아이로 키워내고 싶었다. 그러나 삶은 나를 버티게 놔두지 않았다.

　팔자나 대물림 또는 운명 같은 것, 믿고 싶지 않았지만 늘 신경 쓰였고 두려웠다. 언젠가 남편과 시어머니에게 이런 말을 한 적이 있다.

　"어쩌면, 제 팔자가 남편을 망치고 있는 걸 수도 있어요."

남편은 말도 안 되는 소리라며 부모님 모습을 우리에게 덮어씌우지 말라고 했고, 시어머니도 "젊은 애가 무슨 그런 말을 하니" 하셨다. 마음과 달리 현실이 팔자를 떠올리게 했다. 달아나고 싶었다.

아이의 눈도 두려웠다. 내가 자라면서 어머니를 어떻게 보아왔는지 또렷이 기억하고 있었으니까. 삶을 견뎌내는 것으로 보였던 그 생활들. 가정을 지켰다고 본인은 생각할 수 있겠지만, 딸인 내 눈엔 정말 답답해 보였다. 버티고 버텨 이 가정을 지켜낸다 하더라도, 아이가 그런 눈으로 나를 보게 되는 것이 싫었다. 적어도 '행복'을 위해 노력했던 엄마로 기억되고 싶었다. 설령 10년 후 내 나이 마흔일곱에 닥치는 것이 어머니와 비슷한 끝이라 하더라도, 그 끝의 순간에 아이가 '엄마는 행복해 보였어'라고 할 수 있기를 바랐다.

결국 이혼 소송까지 하게 되면서, 아이에게 고통을 주고 있다는 생각도 든다. 어머니의 인내심 덕에 나는 겪어보지 못한, 이혼 가정에서 자라는 삶을 이 아이는 겪게 될 것 같다. 아이의 학창 시절을 그려보면 고개를 들 수 없을 만큼 미안하다. 내 선택을 아이가 이해하게 되는 날

이 올까. 고통스러운 시간이지만 한편으론, 어머니의 것
과는 확연히 달라진 내 삶에 안도감이 든다.

요즘은 그저 바란다. 내 선택이 옳았음을 증명할 수 있
기를. 지금의 선택이 옳은 것이 되려면, 잘 살아가는 수밖
에 없으리라. 팔자 따위는 없다는 걸 삶으로 증명해 보이
고 싶다. 아이의 기억 속에 행복한 모습으로 남고 싶다.

나는 어떤 엄마로 기억될까

◇◇◇◇◇◇◇◇◇◇◇

직장에 다니는 어른이 되고 싶었다. 매일 출퇴근하는 생활을 하겠다고 어린 시절부터 마음먹었다. 늘 집에 있는 어머니가 나는 불편했다. 변변한 외출복이 없어서 어딜 나갈 때면 한참 고민하면서도 오빠와 내 옷은 사주는 어머니였다. 초등학교 고학년 무렵, 설날을 기다렸다가 세뱃돈을 모아 어머니 옷을 사러 갔었다. 두세 번쯤 설날을 그렇게 보내보고 알게 됐다. 세뱃돈 따위로는 어른의 '근사한' 외출복을 살 수가 없음을. 더 큰돈이 있어야 근사한 옷을 살 수 있고, 그 돈이 없기에 어머니가 허

름한 옷을 입는다는 걸. 요즘 말로 '현타'가 왔다. 왜 어른 옷 살 돈이 우리 집엔 없을까 생각했다. "갈 데도 없는데 뭘…" 하며, 내 눈에 예뻐 보이는 옷들을 집어 들지 않는 어머니를 이해하기 어려웠다.

오빠와 내가 자라면서 어머니도 일을 하셨다. 동네 과일 가게를 운영하신 적도, 다단계 업체에 발을 들인 적도 있고, 이후 분식점을 거쳐 보험회사도 다녔지만 다 오래가지는 못했다. 난 부모님이 '오래가는' 직업을 가졌으면 했다.

직업을 가지면 다 해결될 거라 생각했다. 아버지의 불안정한 벌이가 가난의 원인이라 여겼고, 어머니라도 직장이 있으면 나을 거라 상상했다. 어쨌든 나는 커서 직장에 다니는 엄마가 되었다. 그리고 알게 됐다. 직업이 있어도 갖고 싶은 걸 다 가질 수는 없다는 사실을. 직장생활을 계속해도 돈 걱정은 이어졌다. 아이는 학교에 들어가면서부터 배우고 싶어 하는 것도 많아졌다.

"왜 미술학원 안 보내줘" "엄마는 왜 옷을 안 사" 하고 투덜댔던 나는 엄마가 되고 나서야 깨달았다. 내가 불만을 품었던 그 모든 상황들을 가장 힘겹게 넘긴 사람은 바로 어머니였단 걸 말이다. 학원도 보내주고 싶고 옷도 사고 싶었을 텐데, 하나씩 내려놓는 그 마음이 얼마나 무거웠을지 이제야 조금 알 것 같다.

주변 지인들을 봐도 비슷했다. 자신이 부모에게 받은 것과는 다른 환경을 아이에게 주고 싶어 하는 경우가 많았다. 늘 바쁜 어머니를 뒀던 이들은 아이의 하원(하교) 시간에 집에서 아이를 맞아주고 싶어 했다. 혼자 간식을 챙겨 먹고 부모님을 기다리며 TV만 보던 어린 시절을 자기 아이는 겪지 않았으면 했다.

어린 시절의 가난을 소화하지 못한 채 어른이 된 나는 아이에게 "돈이 없다"는 이야기만은 하지 않으려 애쓴다. '비싸서' 못 사는 건 물건 가격의 문제이지만 '돈이 없어서' 못 사는 건 가족 경제의 문제이기 때문에 체감이 다르다고 믿는다. "돈이 없어"라는 말을 자주 들었던 나는 무엇을 하든 돈을 기준으로 생각했었다. 하고 싶은 것이 떠올라도 돈이 없으니 못 하겠다고 지레 포기하기 일쑤였다. 그때를 돌아보며, 내 아이가 그런 벽만큼은 스스로 쌓지 않기를 바랐다.

가난한 이유가 무엇일까 생각하며 자랐다. 시간을 허

투루 흘려보내는 무책임한 아버지가 문제라고 생각했다. 극복하려 애쓰다 보니 지금은 철저한 계획주의자가 되어버렸다. 육아휴직 중인 지금도 하루의 시간 계획을 세우고 대략적인 식단까지 생각해둬야 안심이 된다. 미리 생각해둔 식단을 정해진 순서에 따라 차려낸다. 계획 없이 냉장고 속 재료들로 뚝딱 만들어내는 식사는 내게 불가능에 가깝다. 아이가 갑자기 "치킨!"을 외치면 일단 '멘붕'이 온다. 내일까지 둬도 별문제 없는 식재료라면 오케이지만, 그게 아니라면 쉽게 받아들이지 못한다. 잠시 머릿속에서 버벅거린 후에야 결정을 할 수 있다. 계획에 갇힌 삶을 살고 있다고 스스로도 생각하지만 고치기가 어렵다.

부모님의 단점을 닮지 않으려 애썼을 뿐이다. 하지만 지금 내 모습은 과연 아이에게 긍정적인 모습으로 비칠까. 아이에게 어떤 사람으로 보일까. 피곤하게 사는 사람? 계획에 찌든 사람? 부쩍 자란 아이를 보며 문득 겁이 날 때가 있다.

전쟁을 몸소 겪으신 우리 조부모님은 그저 밥을 안 굶기려 애를 썼고, 아들 혹은 장남만 대학에 보내는 선택적 교육을 하셨다. 그렇게 자란 내 부모님은 가난했지만 끼니를 굶을 정도는 아니었고, 선택적 교육을 넘어 딸 아들 구분 없이 공부를 시키려 용을 썼다. 그렇게 배운 우리가 자라 아이를 낳았다. 이젠 공부만 시켜서는 안 된다고 다들 말한다. 아이 '마음'도, 부모 '마음'도 돌봐야 한단다. 밥에서 공부, 그다음 미션은 마음이다.

시대에 발맞춰 엄마로서 내 마음은 괜찮은가 돌아본다. 괜찮지 않다. '나도 행복해야 해' 외치다가 '엄마가 이러면 안 돼'를 함께 외친다. 현시대의 나와 옛 시대를 물려받은 내가 충돌한다. 어느 쪽을 택해야 할까 늘 갈등한다.

아이 마음은 어떤가. 영혼 없는 칭찬을 짜내고 있는 나를 보는 아이의 눈을 마주할 때면 나를 빤히 꿰뚫고 있는 것 같아 두렵다. 욱하는 나를 아이가 말없이 가만히 쳐다볼 때면, '정신 차리세요' 하는 것 같아 눈을 피하기도 한다. "꼭 너 같은 자식 낳아봐라" 했던 어머니의 마음을 이제 느낀다.

아이에게 버럭 화를 낸 어느 날, 오빠와 통화를 하며 이런 고민을 이야기했다. 아이에게 자주 화를 내게 된다고, 내 계획들이 아이를 옥죄는 것 같다고 말했다. 오빠는 "애를 왜 그렇게 잡아" 하고 나를 나무라다 툭 한마디를 던졌다.

"근데 우리 엄마라고 24시간 다정하기만 했겠냐. 나쁜 건 다 잊히고 좋은 것만 기억에 남은 거겠지."

맞는 말이다. 잊힐 건 잊히고 남을 건 남는다. 내가 이상적인 부모가 되려 아무리 용을 써도 그건 어디까지나 내 노력일 뿐이다. 무엇이 아이에게 기억되고 남을지는 알 수 없다는 생각이 들었다. 결국 받아들이는 아이의 몫이 아닐까.

내 부모를 넘어서려 애쓰는 것도, 훌륭한 부모가 되고 싶다는 다짐도, 아이에게는 또 다른 강요가 될지도 모르겠다는 생각이 든다. 공부를 시키든 마음을 돌보든 우리에게 맞는 방식을 함께 찾아가야 할 것 같다. 그런 시간을 보내고 나면, 아이가 소화시키고 정의 내린 엄마의 모습이 기억에 남겠지. 나는 어떤 모습으로 기억될까.

당신의 아들, 나의 아들

×××××××××××

초등학교 저학년 때, 가을철이면 밤마다 어머니와 함께 까만 비닐봉지를 손에 들고 집을 나섰다. 은행나무 열매를 주우러 동네 가로수 밑을 돌아다닌 것이다. 오빠가 초등학교 3학년쯤 되면서 코피를 자주 쏟았는데, 엄마는 은행을 먹여야 낫는다고 하셨다. 아침이면 빨갛게 물든 수건을 보며 난 오빠가 큰 병에 걸린 줄 알았다. 오빠를 낫게 하기 위해 나도 선뜻 은행 줍기 여정에 동참했다.

우리 말고도 은행을 주우러 나온 사람들이 많았기에 나는 '집집마다 코피 쏟는 병에 걸린 사람이 있나 보네'

하고 생각했다. 내가 그렇게 채집을 익히며 본능적인 손놀림을 배울 동안 오빠는 집에 있었다. 밤에 돌아다니다 코피를 더 쏟는 일이 벌어져선 안 됐으므로 일찍 잠자리에 들었다. 장남의 장남으로 태어난 오빠는 우리 집의 '귀한' 아들이었다.

이 나무 저 나무 밑에서 열심히 주워 모은 은행 열매였지만 나는 그걸 맛볼 수 없었다. 마치 닭다리처럼. 치킨의 두 다리 중 하나는 아버지 몫, 다른 하나는 오빠 몫이어서 내 입에는 들어올 수가 없었다.

"그건 오빠 거야."

어머니가 말씀하실 때마다 샘이 났다. 내가 주운 열매를 맛은 보고 싶었기에, 오빠 앞 그릇에 놓인 구운 은행을 얼른 하나 집어 입 안으로 넣었다. 어린 내 입에 그 맛은 끔찍했다. 매일 이 열매를 먹어야 하는 오빠가 딱할 정도라, 그 뒤로 다시는 탐내는 일이 없었다.

하지만 오빠는 은혜를 원수로 갚는 어린이였다. 내가 밤마다 주워 온 열매들을 먹고 코피 쏟는 병(?)에서 회복됐으면서 내 돼지 저금통에 손을 댔다. 용돈을 받는 족족 모으고 모아 열심히 살찌운 돼지였다. 매일 밤 잠들기 전

흔들어보며 얼마나 뿌듯했는데…. 지금도 그날의 충격이 생생하다. 친구 집에서 놀다 와서 보니 오빠가 탱크를 조립하고 있었다. 새 장난감이었다. 내게 잘 주어지지 않던 새 장난감이 오빠에게 생기는 일은 워낙 많았으므로 별 신경도 쓰지 않았다. 하지만 잠들기 전 돼지를 흔들어 보고서 난 뭔가 잘못됐음을 알아차렸다.

"엄마, 돼지 저금통이 비었어!"

악을 쓰며 울었다. 분명 오빠 짓이라 여겼고, 엄마가 내 편을 들어주리라 믿어 의심치 않았다. 그러나 엄마는 오빠 편을 들었다.

"저 탱크, 오빠가 용돈 모아서 산 거래. 괜히 오빠 의심하지 마."

"오빠는 용돈 안 모아!"

확신에 찬 내 외침에 어머니는 멈칫했다. 오빠는 용돈을 모으는 일 없이 늘 써버리길 좋아하는 아이였다. 그걸 잘 알면서도 어머니는 나한테 "다시 저금하면 된다"고만 했다. 내가 돈을 다른 데 쓰고 까먹었을 거라고도 했다. 억울하고 또 억울했다.

어머니는 다정한 분이었지만 내 눈에 도무지 이해할

수 없는 면도 있었다. 위로 오빠 둘을 두고 시골에서 자란 어머니였다. 유교 문화를 뼛속 깊이 체득한 채 장남인 아버지에게 시집을 왔고, 자연스러운 수순인 양 장남을 편애했다. 오빠는 사립 초등학교와 사립 중학교에 보내고 나는 집에서 가까운 학교들에 보냈다. 내가 학습지를 풀고 있을 때는 "알아서 해라" 하고 오빠가 풀 때는 옆에서 봐주셨다.

"오빠잖아. 동생인 네가 양보해라."

이 말을 가족과 친지들한테 너무 많이 들어서, 어느 순간부터는 별로 샘도 내지 않았다.

"어차피 시집가면 다 할 건데…."

이 말도 참 많이 들었다. 제삿날처럼 식구들이 모이는 자리가 있으면 할머니는 늘 내게 일을 시키려 하셨다. 그때 딸의 편을 들어주시려 어머니가 꺼내 든 방패가 '시집'이었다. 시집가면 당연히 다 해야 하는 일들이니 어릴 때는 덜 시켜도 된다는 의미의 방어였다. 그런 어머니가 내게 집안일을 가르친 건 암 선고를 받고 나서였다. 어차피 시집가면 다 할 일이라도 당장 가르칠 필요가 생긴 거였다. "오빠는? 아빠는? 왜 나한테만 가르쳐?"라고 물어도 "그래도 네가 알아야지" 하며 이것저것 알려주셨다. 밥솥과 세탁기의 사용법을 억지로 배웠다. 어머니는 사용 순서를 적어 나름대로 설명서를 만들어서는 밥솥과 세탁기 옆에 붙여두셨다. 난 어머니의 마음 같은 건 헤아리지 못했다. 곧 사라질 본인의 자리를 상상하며 딸에게 집안일을 가르치는 어머니의 마음 같은 건, 지금 돌아봐도 잘 짐작이 되지 않는다. 그때는 그저 억울했다.

그놈의 시집이란 것을 와서야 절절히 깨달았다.

'아, 우리 집만 이런 게 아니었구나.'

시어머니 역시 어머니와 비슷했다. 아니, 며느리 입장에선 차별이 더 뚜렷이 와 닿았다. 오빠나 아버지 대신 이제 남편과 시아버지를 챙겨야 했고 회사일과 육아까지 더해졌으니 상황은 더 열악했다. 참 신기한 일이었다. 세상은 그렇게나 빠르게 변한다는데, 밥상머리에서는 별로 달라진 것이 없었다. 어린 시절 어머니를 도와 밥상에 수저를 놓고 반찬을 옮기던 나는, 어른이 되어선 시댁 식탁에 수저를 놓고 반찬을 차려내고 있었다. 4차 산업혁명이니 블록체인이니, 다 쓸데없는 소리였다. 밥상을 문제 없이 차려내는 게 여자의 삶에서 가장 중요한 일이었다.

남편은 장남이었다. 어머니처럼 나 역시 장남과 결혼했고 아들을 낳았다. 시어른들은 "숙제는 해결했네"라고 말씀하셨다. 받은 줄도 몰랐던 숙제가 내게 주어져 있었음을, 아이를 낳고서야 알았다.

'지금도 이런데 옛날엔 오죽했을까.'

시댁에서 시간을 보내며 오히려 어머니를 어느 정도 이해하게 됐다. 어머니만 그런 게 아님을 새삼 느끼면서 '어쩔 수 없는 시대 유산'이란 생각이 들었다. 어머니와 시어머니는 그저 이렇게 살아온 것뿐이었다. 본 대로, 살던 대로 살았을 뿐, 딸이나 며느리를 괴롭히겠다는 악감정은 없었다. 집안일은 당연히 여자가 해야 하는 집에서, 그것을 당연하다 여기며 살았을 뿐. 문제를 인식하고 현재를 바꾸려 했으면 더 좋았겠지만, 그나마 노력한 것이 그 정도였을 것이다.

어른을 바꿀 수 있을까. 내 설득이 그들에게 가 닿을까. 스스로 깨닫고 변하지 않는 한, 삶의 태도를 바꾸기는 어렵다고 여겼다. '아, 저 세대는 저렇게 살았구나' 하고 받아들일 뿐, 굳이 지적도 하지 않았다.

현재의 잣대를 들이대며 윗세대를 비난해서 무엇하

리. 그저 내 삶을 다시 보는 것이 중요하다고 느꼈다. 가부장적 환경에서 자라, 우열을 가리기 힘든 또 다른 가부장제 속으로 들어갔던 나는 과연 자유로운 사고를 가지고 있을까. 스스로도 이해하기 어려웠던 어떤 문화를, 내가 인식하지 못한 순간에 아이 세대로 전하고 있는 것은 아닌지 점검해야 했다. 답습하고 대물림하는 일만은 없도록 스스로를 돌아보게 됐다.

부모 세대와 자녀 세대의 한중간에서 버려내는 것, 그리고 그 사이에서 균형을 잡아내는 것이 삶의 또 다른 역할인 것 같다는 생각을 해본다. 부모에게 물려받은 것을 최대한 객관적으로 판단해 문제가 있다면 바꾸려 애를 쓰고, 바람직한 것만 아이에게 전할 수 있다면 좋겠다.

"어차피 장가가면 다 해야 하니, 지금부터 해라."

내 아들은 그렇게 길러내고 싶다.

술꾼의 자식으로 태어나

◇◇◇◇◇◇◇◇◇◇

밤이면 술, 아침이면 해장술. 오랜 세월 술에 절어 산 아버지를 내가 이해할 날이 올 줄은 상상하지 못했다. 그렇다. 경험해보고 나니 이해가 됐다. 나 역시 알코올 의존이 심각한 상태가 되고 나니 말이다. 술을 마시는 기분, 술기운에 잠들어버리는 심정, 술술 잘 흘러가는 시간…. 그 모두를 이제 너무 잘 안다.

20대엔 많은 이들이 그러하듯 필름이 끊길 때까지 술을 마시기도 했지만, 그래도 "나는 아버지와 달라"라고 자신 있게 말할 수 있었다. 결혼 전까지는 그랬다.

임신과 수유 과정을 거치며 17개월 정도를 강제 금주했다. 수유를 끝냈을 즈음, 남편과의 사이는 이미 틀어지고 있었다. 나는 남편을, 남편은 나를 이해하지 못했다. 워킹 맘으로 정신없이 살면서도 밤마다 쉽게 잠을 이루지 못했다. 아이 옆에 누워 설핏 잠이 들어도 새벽 2~3시쯤이면 깼고 뜬눈으로 밤을 지새웠다. 앞날에 대한 고민이 너무 깊어서 생각을 시작하면 꼬리에 꼬리를 물었다.

술을 본격적으로 입에 댄 건 그 무렵이었다. 한 캔, 두 캔 마시고 푹 잠들어버리는 시간이 좋았다. 나를 재우려 혼술을 시작했다. 마시면 마실수록 양이 늘었다. 그렇게 어느새 맥주 피처 하나 정도는 기본으로 마시는 생활을 하고 있었다. 천천히 마시기엔 밤이 짧았다. 11시쯤 아이를 재우고, 출근을 위한 수면 시간까지 생각하면 남는 건 고작 한두 시간. 그 시간 안에 술을 들이붓다시피 했다.

'오늘은 진짜 피처 하나만 먹고 자야지.'

마시는 속도는 점점 빨라졌다. 피처 하나는 한 시간이면 동이 났고 그 정도로는 정신도 멀쩡했다. 조금만 더 마실까. 조금만 더, 조금만 더…. 잠들기 위해 술을 마시기 시작했는데, 어느 시점부터는 자는 시간을 줄여가며 술을 퍼붓고 있었다.

알코올중독 자가진단표에는 '죄책감' 항목이 포함되어 있다. '지난 1년간 음주 후에 죄책감을 느끼거나 후회한 적이 얼마나 자주 있습니까?' 거의 매일 죄책감을 느꼈다.

'의도된 양보다 더 많이 더 오래 마십니까' '술을 끊거나 줄이려 노력하나 실패합니까'… 모두 내 얘기였다. 중독은 자괴감을 불러왔다. 아침에 눈을 뜨면서부터 어제 또 마셔버린 내가 미웠고 말끔한 컨디션이지 못한 오늘의 내가 미웠다. 그럼에도 퇴근 후에 또 술을 사면서 '역시 이따위밖에 안 되는 나' 하며 스스로를 멸시했다. 원래 자존감이 낮아서 술로 빠진 것인지, 술을 마시다 보니 자존감이 낮아진 것인지도 점점 알 수 없었다.

알코올중독과 관련된 책들을 찾아보았다. '알코올중독자 자녀는 알코올중독이 될 가능성이 일반인에 비해 4~5배 정도 높다'는 연구 결과가 나와 있었다. 알코올중독인 부모에게서 태어난 쌍둥이가 각각 다른 가정으로 입양을 갔지만 둘 모두 알코올중독자가 된 사례를, 유전을 주장하는 연구자들은 자주 인용했다. 기분과 충동을 담당하는 신경 전달 물질인 세로토닌의 분비를 조절하는 유전자가 알코올중독과 관계가 있다고 했다.

유전자도 있겠지만 '보고 배운 것'도 영향을 미치지 않을까 싶었다. 스트레스를 받으면 바로 '술 마시고 싶다'는 생각이 들었다. 남편과 싸우고 나면 아이를 재우는 내내 '술 마셔야지' 했다. 술은 눈앞의 삶에서 나를 강제로 그 아웃 시킬 수 있는 유일한 방법이었다.

'이러면 안 돼' 하는 날과 '하루만 더' 하는 날의 반복이었다. '이 상황에 직장마저 없으면 낮술도 마실 수 있겠다' 하는 불안한 예감도 들었다. 아버지가 중독자의 길로 완전히 접어든 건 이런 밤들이 쌓인 후였겠구나… 딱 한 발만 더 가면 아버지처럼 되는 거구나…. 좀 더 깊이 아버지를 이해할 수 있었다. "욕하면서 닮는다"는 말을 아주 제대로 실천하며 지냈다. 내가 미워하는 것이 아버지인지 나 자신인지 알 수 없었다.

다행히 지금은 예전처럼 쏟아붓듯 마시지는 않는다. 별거 과정을 거치며 술이 자연스레 줄었다. 취해서 쓰러져 자는 일은 완전히 끊었다. 아이와 단둘이 지내는 집에서 유일한 어른인 내가 취해서 잠들어버리는 건 너무 위험한 일이지 않나. 그 자각이 술을 줄이게 했다.

여전히 잠이 안 오는 밤이면 맥주 생각이 난다. 다만 예전엔 더 마시려 애를 썼지만 요즘은 참으려 애를 쓴다. 마신다 해도 한두 캔의 선을 넘지 않으려 노력한다.

아버지의 마지막 몇 년을 떠올려본다. 평생 알코올중독자로 살았지만, 마지막 몇 년은 완전히 다른 모습으로 생활하셨다. 얼마나 대단한 의지였을지, 요즘 들어 새삼 느낀다. 혼자 지낸다는 건 감시해줄 사람이 없다는 의미이기도 하니까. 냉장고 앞을 서성대며 '딱 한 잔만 마시고 잘까?' 고민하는 밤이면 아버지의 시간들에 기대 버티곤 한다. 아버지도 했는데 내가 못 할 게 뭐람.

"가시나야, 작작 좀 마셔라."

어디선가 아버지가 꾸짖어주셨으면 좋겠다.

외로움의 대물림

◇◇◇◇◇◇◇◇◇◇

    서른아홉 살에 접어든 나는 아홉 살짜리 아이와 지내는 일상에 유난히 버거움을 느끼고 있었다. 아이가 더 어릴 때에도 이 정도로 힘들지는 않았는데, 왜 요즘은 이렇게 힘이 들까. 육체적 피곤함이 문제가 아니었다. 마음이 '힘들어. 혼자 있고 싶어' 외치고 있었고, 어떤 날은 참을 수 없을 만큼 짜증이 솟구치곤 했다. 아버지가 돌아가셨기 때문일까. 이혼 소송 때문일까. 모든 피로가 마음에 쌓여 있다가 '만만한' 아이와 마주치는 순간 폭발하는 것일까. 아이와의 평온한 일상을 위해 해결 방법을 찾고 싶었다. 그즈음 만난 책이 심리학자 필리파 페리의 『나의 부모님이 이 책을 읽었더라면』이었다.

　아기였던 시절을 의식적 차원에서 기억하는 사람은 없지만, 그때 느꼈던 감정들은 여전히 우리 기억에 남아 있으며 아이를 기르는 과정에서 고스란히 상기되곤 한다. 실제로 부모가 자녀와 거리를 두기 시작하는 시기를 잘 살펴보면, 그 부모의 부모가 자신에게 소홀해졌던 바로 그 무렵인 때가 잦다. 마찬가지로 아이와의 감정적 유대 쌓기를 멈추는 시기 역시 내가 처음 외로움을 느끼기 시작한 그 나이에 아이가 도달할 무렵이다. (…)
　아이와 거리를 두고 싶어지는 것, 아이가 그냥 잠을 자거나 혼자 놀면서 내 시간을 빼앗지 않았으면 하고 바라는 것은 사실 부모 자신이 유년 시절의 고통스러운 감정을 상기하고 싶지 않기 때문이고, 그리하여 아이를 멀리하게 되는 것이다. 그리고 바로 이 때문에 부모는 아이의 필요에 굴복하기 어렵다고 느낀다. 물론 많은 부모는 자신이 그저 육아외에 다른 일에도 시간을 투자하고 싶을 뿐이라고 말한다. 일도 하고, 친구를 만나거나 영화와 드라마를 보고 싶다고 말이다. (…)

아이와 함께하는 1분, 1초도 견딜 수 없다면 그건 아마도 당신이 아이가 촉발하는 감정으로부터 도망치고 싶기 때문일 것이다. 이런 감정에 지배당하고 싶지 않다면 자신의 유년 시절을 동정심을 가지고 되돌아보길 바란다. (…) 휴식을 향한 열망이 지나치게 강하거나 끊임없이 든다면, 자신이 지금 자녀 나이였을 때 어땠는지를 돌아봐야 한다.

한 문장 한 문장이 다 내 얘기 같았다. 단순히 혼자 있고 싶은 게 아니라, 아이가 촉발하는 감정으로부터 도망을 치고 있는 거라니…. 그 부분을 유심히 들여다볼 필요가 있겠다 싶었다. 내 아홉 살 시절을 곰곰이 돌아보건대 확실한 건, 그즈음에 어머니와 함께 즐겁게 시간을 보낸 기억이 전혀 없다는 사실이었다. 집에서든 밖에서든 기억 속 어머니는 늘 어느 정도 멀리 있었고 분주해 보였다. '우리 엄마는 좋은 사람' '좋은 엄마'라고만 생각하던 나였기에, 이런 기억들이 조금은 의아했다.

당시 어머니의 삶은 어땠을까. 약국을 운영하시던 아버지가 교통사고를 크게 당한 것은 내가 유치원에 다

닐 때였다. 이후 약국을 정리하고 아버지가 퇴원을 하시고, 초등학교 1학년 무렵 이사를 했다. 어린 나이에도 집이 더 좁아지고 나빠졌음을 알 수 있었다. 해가 들던 2층 집에서 어둑어둑한 집으로 이사를 했다. 이 무렵 할아버지도 우리 집에서 함께 사시게 됐다. 어머니는 시아버지를 모시고 살면서, 알코올중독자로 변해가는 남편을 지켜봐야 했다. 그 와중에도 오빠와 나는 자라났다. 들어갈 돈은 늘어가는데 돈이 없는 상황. 어머니는 힘들고 지쳤으리라. 그런 상황에서 투정 부리는 아이는 또 얼마나 버거웠을까.

그런 어머니의 삶이 내 양육 태도에 영향을 미치고 있다고는 생각해본 적이 없었다. 아이가 일곱 살일 때 별거를 시작해 아홉 살인 지금까지 흘러왔다. 나의 과거 때문에 이 시기에 아이를 외롭게 만들고 있다니, 깊이 미안했다. 외로움의 대물림이라니… 끔찍했다.

"엄마가 피곤해서" "엄마가 오늘 좀 힘드네" 하고 입버릇처럼 뱉었던 말들. 어쩌면 어린 시절 내가 들었던 말은 아니었을까. 스스로를 붙잡아야겠다고 마음먹었다. '좋은 엄마'까지는 못 되더라도 아이를 외롭게 만들고 싶진 않았다. 이런 자각은 현실을 새롭게 바라보는 데 큰 도움이 됐다.

요즘은 소망한다. 내 어머니와 아버지는 누리지 못했던, 평온하고 평화로운 일상의 결을 누리며 살아보고 싶다고. 그리고 두 분이 보시기에도, 내 아이가 보기에도 부끄럽지 않은 일상을 살아가야겠다고 다짐한다.

5부

문득,
묻고 싶습니다

발 뻗고 누운 자리

◇◇◇◇◇◇◇◇◇◇◇

"누울 자리를 보고 다리를 뻗으셨지."

오빠와 나는 아버지 인생을 이렇게 정리한 적이 있다. 가장으로서의 책임을 등한시하던 아버지에겐 당신을 품어주는 원가족이 있었다. 특히 아버지의 동생들 즉 내게 삼촌들은 큰형의 뒤치다꺼리를 하느라 고된 시간을 보냈다. 모른 척해도 될 긴 시간 동안 아버지와 우리 가족의 버팀목이 되어주었고, 아버지가 떠나신 후에도 여전히 오빠와 나를 품어주신다. 아버지가 발 뻗고 누운 자리 덕에 우리 역시 살아왔다.

"택배 받을 주소 좀 불러봐."

3~4년 전 막내숙모에게서 전화가 왔다. 내용인즉슨, 이사하려고 집을 정리하던 중 결혼 때부터 지금까지 받은 금붙이가 나왔는데 다 늙은 본인이 가지고 있는 것보다는 젊은 애들이 갖는 게 좋겠다는 이야기였다. 숙모에게는 나보다 다섯 살 아래인 딸이 있었다. 모아둔 금붙이를 녹여 목걸이를 만들기로 하면서 딸뿐만 아니라 조카인 나까지 떠올려주신 거였다. 그렇게 해서 목걸이 하나는 사촌동생에게 가고 또 하나는 나에게 왔다.

회사에서 택배를 받고 포장을 뜯으면서 눈물이 났다. 목에 걸어보면서, 기념으로 셀카를 찍으면서도 계속 눈물이 났다. 감사함과 기쁜 마음이 차오르면 눈물이 되어 나올 수 있단 걸 처음 경험했다. 당시 아버지는 입원 중이었고, 남편과의 관계는 전쟁 같았고, '확 죽어버릴까' 하는 생각을 밥 먹듯이 하던 날들이었다. 목걸이를 걸고 거울을 보며 이를 꽉 깨물었다. '나 진짜 행복해질 거야. 삼촌 숙모들께 누가 되지 않게 정말 잘 살 거야.'

그러고 보면 아버지도 오지 않겠다고 하신 내 고등학교 졸업식에도 막내삼촌과 숙모가 와주셨다. 포항에 사는 분들이 대구까지 오시기가 쉽지는 않았을 텐데 말이다. 어머니가 생각나 조금은 슬펐던 그날, 너무 밝게 웃어주시는 두 분 덕에 나도 깔깔 웃으며 교문을 나설 수 있었다.

숙모는 내가 결혼을 준비하며 예단 등으로 한창 골머리 썩을 때도 올라와서 시어머니를 만나주셨고, 신혼여행 후 시어른들께 드리라며 직접 만든 반찬을 보내주셨고, 아이를 낳고 병원에 누워 있을 때도 와주셨다.

감사하고 죄송한 마음에 언젠가 여쭤본 적이 있다.

"조카인 우리한테 어떻게 이렇게 잘해주실 수 있으세요?"

삼촌과 숙모의 대답은 미리 짠 듯 똑같았다.

"형님(혹은 형수님)이 우리한테 해주신 게 워낙 많다."

늘 형편이 어려웠던 어머니가 뭘 그리 많이 주실 수 있었을까. 남과 나누고 싶어도 나눌 게 없었던 것이 어머니 상황이었다. 기댈 곳 없는 우리가 좀 더 마음 편히 기댈 수 있게 어머니를 소환하신 것이라는 생각을 이제야 해본다. 아이를 키우면서 점점 더 이분들을 존경하게 된다. 골칫덩어리 큰형의 자식까지 안아주실 수 있는 그 품은,

흉내 내고 싶다고 흉내 낼 수 있는 것이 아니다.

남편과 별거 이후 한창 전쟁을 치르고 있을 때도 두 분은 달려와주셨다. 오래오래 내 이야기를 듣고 난 뒤 물으신 건 딱 하나였다.

"그래서, 네 마음은 어떤데?"

시어머니와 마주 앉는 불편한 상황에서도 기꺼이 내 곁을 지켜주셨고, "애 이렇게 힘들어하는 거 우리도 보기 힘듭니다" 하고 말씀해주셨다. 다른 사람들은 모두 "앞으로 어쩌려고?" "혼자서 애를 어떻게 키우려고?" 하고 묻던 시기였다. 삼촌과 숙모는 하나만 이야기하셨다.

"일단 네가 행복해야 한다. 그거면 된다."

이렇게 날 받쳐주시는 분이 또 있다. 가톨릭 사제인 큰삼촌이다. 홀로 누리기에도 부족할 수 있는 사제 월급을 기꺼이 조카들을 위해 나눠주셨다. 아버지에게서 받은 것보다 큰삼촌에게서 받은 게 더 많은 것 같다. 부산에서 대구로 이사를 할 수 있었던 것도 큰삼촌 덕분이었다.

스무 살 무렵, 아버지는 알코올중독 병원에 입원해 있었고 오빠는 군복무 중이었다. 수업 후 아르바이트를 해서 돈을 벌어도 자취방 월세를 내고 나면 얼마 남지 않았다. 그걸 알게 된 큰삼촌은 30만 원을 입금해주셨다. 아버지가 퇴원 후 다시 직장을 잡으실 때까지 매달 주셨고, 덕분에 그리 모자라지는 않게 살아갈 수 있었다.

내가 이혼을 결심했을 때는 전화로 한소리 하셨다.

"하느님 앞에서 결혼을 했으면 끝까지 가정을 지켜야지. 이게 무슨 일이고!"

어영부영 전화를 끊었더니, 조금 지나 문자가 왔다.

"네 목소리 들으면 감정이 격해지니까, 앞으로 할 말 있으면 문자로 하자."

난 그저 "죄송합니다" 했다. 그 뒤로 삼촌은 속이 상해서, 또 나는 드릴 말씀이 없어서 연락이 뜸해졌다.

어느 해 어린이날, 삼촌에게서 문자가 왔다.

"어린이날인데 애랑 맛있는 거라도 사 먹어라."

계좌에 30만 원이 입금되어 있었다. 아이에게 전해진 유일한 외갓집 선물이었다. 우리는 "신부 할아버지가 주신 선물"이라며 치킨을 시켜 먹었다.

최근에 뵌 건 어머니의 기일 미사에서였다. 삼촌에게 어머니는 "생각만 해도 마음 아픈 사람"이었고, 아버지는 "다시 생각해도 머리가 아파오는 사람"이었다. 기일 미사가 끝나고 성당을 나서는 길, 삼촌의 흰머리가 유독 눈에 들어왔다. 인사를 하고 돌아서는데 삼촌이 어깨를 툭 치며 말씀하셨다.

"내가 니만 보면, 마음이 짠-하다. 앞으로 어째 살려고 그라노. 가라."

짠해 보이고 싶지 않았다. 누구보다 행복하게 잘 살면서 '삼촌 덕분에 잘 살아요' 보여드리고 싶었는데, 그게 참 어려웠다.

삶은 다면체인 것 같다는 생각을 해본다. 나 한 사람이 겪는 삶은 분명 하나의 이야기지만, 그 이야기를 바라보는 시선은 다양할 수 있음을 이제 와 깨닫는다. '알코올 중독자 아버지'에 집중했을 땐 가난한 삶이었지만, '든든한 관계'를 바라보니 꽤나 풍요로운 삶이었던 것도 같다.

> Q. 부모님에게 받은 유산이라고 생각하는 것을 꼽아본 다면?

뻔한 사람은 없다

◇◇◇◇◇◇◇◇◇◇◇

"엄마는 꿈이 뭐야?"

아이가 물었다.

"우리 아들이 건강하게 잘 자라는 거?"

느닷없는 질문에 반사적으로 나온 말이었다.

"아니, 엄마. 그건 내가 할 일이고…. 엄마 꿈 말이야. 꿈 몰라?"

대충 넘어가려던 마음을 접고 진지하게 생각했다. '꿈이 있는 엄마' '목표가 있는 엄마'가 되어야 한다고 한 어느 책의 글귀도 떠올랐다. 그즈음 나는 매일같이 글을 쓰고 있었다. 답답한 마음을 풀어내려 부모님에 관한 글을 써대고 있었다. 아이가 학교에 있는 동안만 이뤄지는 작업이었고, 아이에게는 한 번도 말한 적이 없었다.

"엄마는… 엄마가 쓴 글들로 책을 한번 내보고 싶어."

"어떤 책? 무슨 내용이야? 동화 같은 거?"

"음…."

"아직 결정 못 했구나?"

"아니, 그건 아닌데…. 뭐라고 해야 할지 모르겠네. 엄마의 엄마와 아빠 이야기를 책으로 만들어보고 싶어."

"죽었잖아?"

"그래, 다 돌아가셨으니까. 기억을 남겨두고 싶은 거지."

"아, 열심히 해. 책 만들면 보여줘."

"응? 응!"

직장생활 10년이 넘은 사람에게 꿈이 뭔지 묻는 사람은 없었다. 글을 쓴다고 해도 "책 내려고?" 하는 목적 지향적 질문을 던질 뿐, 아이처럼 확신에 찬 어투로 "만들면 보여줘"라고 말하는 사람은 없었다. 진심으로 꿈이 생긴 기분이었다. 부모님에 대한 기억들을 남겨, 아이에게 보여주고 싶어졌다. 글을 꼭 끝맺으리라 마음먹었다. 아홉 살 아이의 관심이 이토록 힘이 될 줄이야.

문득, 아이가 두 살 무렵일 때 아버지 댁에 갔던 날이 떠올랐다. 당시 아버지는 단주 중이었다. 나는 아이를 돌보느라 정신이 없어 건성건성 대화를 나누고 있는데, 아버지가 방으로 들어가더니 책 서너 권을 손에 들고 나오셨다.

"그게 뭐예요?" 물었더니 "요즘 읽는 책"이라며 나를 바라보셨다. 딱 알 수 있었다. 내 반응을 기다린다는 걸. 하지만 아버지와 책이라니, 낯선 조합에 어떻게 반응해야 할지 몰랐다. 내가 별 반응이 없자 아버지는 책 내용을 설명하기 시작했다. 이 책은 누가 쓴 건데 이런 내용이고, 저 책은 어떤 사람이 이런저런 일을 겪다가…. 눈으로 책 제목을 슥 훑었다. 들어본 적 있는, 신앙 혹은 건강에 관련된 책들이었다.

"너 안 읽어봤지? 꼭 읽어봐라. 좋더라."

아버지가 말씀하시는 순간, 피식 웃음이 나왔다. 책 몇 권 읽고 되게 자랑한다고 생각했다. 고작 그런 걸로 '좋은 말'을 기대하는 아버지가 못마땅했던 것도 같다. 술을 끊은 아버지가 이제부터라도 새 인생을 살길 바라는 마음은 분명 있었지만, 지나온 시절을 부정하듯 '좋은 사람'인 것처럼 행동하면 그게 그렇게나 거슬렸다.

"왜 안 하던 걸 하시고 그래요. 괜히 눈 버려요."

이날 이후 아버지는 책에 대한 어떤 이야기도 꺼내지 않으셨다. 슬며시 일어나 책을 갖다 놓으신 아버지. 그때 아버지 표정이 어땠던가. 지켜보지 않았으니 알 리 없다. 아버지의 기분 같은 걸 신경 쓰지도 않았으니까.

그런데 그 후 이상하게도 그날의 아버지가 떠올랐다. 아이가 일기를 다 썼을 때나 학습지를 끝냈을 때, 다 그린 그림을 펼쳐두고 나를 부를 때의 표정을 마주하고 있으면 그랬다. 반응을 기다리는 아이의 반짝거리는 눈을 보면 그때의 아버지 표정이 겹쳤다. 나이가 들면 아이가 된다더니, 그때 아버지는 이 아이처럼 칭찬을 바라고 있었구나.

평생 마시던 술을 끊고, 전에는 잡아본 적도 별로 없는 책을 펼쳤던 아버지. 스스로가 조금은 대견하지 않았을까. 그 시간들을 딸 앞에 펼쳐 보였을 때 어떤 마음이었을까.

"와, 아빠! 책도 읽어요? 대단하네요."

이 정도 반응쯤은 할 수 있었다면 좋았을 텐데, 단 한 번도 그러질 못했다. 그러면서 정작 나는 명절이나 생신에 봉투 하나 드릴 때면 한껏 칭찬을 바랐다.

"아빠, 이런 딸이 없죠? 최고죠?"

이렇게 물을 때마다 아버지는 똑같이 대답해주셨다.

"그래, 최고다."

지금은 나에게 관심을 갖는 이 아이도 머지않아 나처럼 변할 것이라 생각하면 두렵다.

"아빠가 하는 말이 뻔하지 뭐."

"엄마가 뭘 알아요."

부모가 돼보니 조금 알 것 같다. 부모라는 존재도, 세월이 가면서 생각과 취향과 그 모든 것이 '변할 수 있는' 존재였다. 자녀 입장에서 '뻔하다'고 생각하는 부분도 언제든 변할 수 있음을, 엄마가 되고서야 알았다. 어쩌면 부모도 자식도, 서로에 대해 아는 것은 옛날 어느 시기의 단편적인 기억뿐인데, 서로를 대충 짐작해 '다 안다'고 착각하고 있는 건 아닐까.

"엄마는 어떤 색깔을 좋아해?"

"엄마는 좋아하는 음식이 뭐야?"

"엄마는 어떤 놀이를 할 때 재밌었어?"

다양한 질문을 던지는 아이. 질문의 빈도가 관심의 척도임을 새삼 깨닫는다.

아버지는 어떤 음식을 좋아하셨을까. 나는 그 흔한 취향조차 몰라서 산소에 갈 때마다 뭘 챙길지 고민한다. 그런 주제에 다 안다고 생각했다니… 우습다.

Q. 부모님이 오늘 하루를 어떻게 보내셨는지 알고 있나요?

마지막 사진

◇◇◇◇◇◇◇◇◇◇◇

대구로 이사한 후 첫 명절이었던가. 할머니와 삼촌들까지 모여 앉아 온 가족이 필름 카메라로 사진을 찍었다. 짐작건대 막내삼촌의 작품이었으리라. 덕분에 부모님도 20여 년 전 모습 그대로 사진에 남았다. 그해에 어머니가 돌아가셨고, 그 사진은 어머니와 내가 함께 찍은 마지막 사진이 되었다.

아버지와의 마지막 사진은 '셀카'였다. 돌아가시기 1년 전, 문병을 가서 하릴없이 이런저런 얘기를 하다가 핸드폰을 새로 샀다는 말을 꺼냈다. 핸드폰을 꺼낸 김에 뭔가

신기한 기능을 보여드리고 싶어 새로 다운로드한 카메라 어플을 켰다. 얼굴 윤곽을 자동으로 인식해 토끼 귀를 달거나 볼을 빨갛게 칠하거나 한 상태로 찍어주는 어플이었다.

"아빠, 여기 봐요."

화면 속 아버지 입술이 눈에 띄게 빨개졌다. 호기심 어린 눈으로 바라보는 아버지 얼굴에 어플로 토끼 귀와 돼지 코 등을 붙여드리자 신기해하며 웃으셨다. 그렇게 함께 히히거리며 셀카 몇 장을 찍었다. 아버지와 단둘이 찍은 희귀한 사진이자 마지막 사진이었다.

그전까지 아버지 사진을 찍는 일에 얼마나 관심이 없었던지, 찾아보니 돌아가시기 7년 전 아이의 돌잔치에서 찍은 단체 사진이 마지막이었다.

사진관에 걸린 남의 가족사진들을 봐도 필요성을 못 느끼던 나였다. 오래 남는 사진보다는 순간의 기억과 감정이 더 중요하다고 생각했다. 하지만 요즘은 남는 건 사진밖에 없다고 진지하게 생각한다. 기억은 안타까울 만큼 빠르게 희미해진다. 부모님의 얼굴이 갈수록 흐릿해짐을 느낀다. 그래서 사진을 찾아보면, 어머니는 명절 어느 찰나의 무표정한 이미지로, 아버지는 병원 생활에 지친 이미지로 눈앞에 펼쳐진다. 기분 좋을 때의 두 분 모습을 떠올리는 것이 점점 더 어렵다.

친구들에게 종종 잔소리처럼 말하곤 한다. 부모님을 만날 때마다 자주자주 사진을 찍으라고. 식구들이 다 같이 모였을 땐 번거롭더라도 꼭 사진을 남기라고. 기억마저 흐릿해지는 언젠가를 위해, 눈앞의 모습들을 수없이 박제해놓길 권하고 싶다.

Q. 부모님과 함께 찍은 최근 사진은 무엇인가요? 그날의 이야기를 들려주세요.

그 흔한 옷 한 벌

◇◇◇◇◇◇◇◇◇◇

"넌 이런 걸 입기엔 아직 어려."

함께 쇼핑 가서 옷을 고르면 매번 어머니가 하시던 말. 초등학교 4~5학년 때 평생 자랄 키가 다 커버린 나였기에, 아동복 매장에서는 맞는 옷을 찾을 수가 없었다. 어쩔 수 없이 어른 옷 매장에 가야 했고, 그곳에서 예뻐 보이는 옷을 집으면 어머니는 내가 아직 어려서 안 된다고 하셨다. "너는 아직 학생이야" 하는 어머니와 "이 옷이 어때서" 하던 나는 쇼핑몰 한복판에서 싸우곤 했다. 내가 고르면 어머니가 반대했고 어머니가 고르면 내가 시큰둥했다. 그렇게 몇 시간 동안 쇼핑몰을 돌다 보면 둘다 지치고 화가 났다. 결국 어머니 마음에도 내 마음에도 흡족하지 않은 옷들을 사게 됐고, 집으로 돌아올 때는 늘 뚱한 상태가 되어 있었다.

쇼핑 독립을 꿈꿨지만 쉽지 않았다. 그러다 열일곱 살 어느 날 갑자기 쇼핑 독립이 주어졌다. 어머니가 입원하면서 쇼핑 메이트 자리가 빈 것. 병원에 계신 어머니께 옷이 필요하다 말했더니 쿨하게도 카드를 쥐여주셨다.

"어떤 옷 샀는지 보게, 그 옷 입고 와봐."

그렇게 난생처음으로 혼자 쇼핑에 나섰다.

쉽지 않았다. 가게에 들어가 점원과 단둘이 마주하는 것은 생각보다 용기가 필요한 일이었다. 한 층을 뱅뱅 돌며 몇 벌을 마음에 담았지만 선뜻 들어서지는 못하고 주춤거리고만 있었다.

"학생, 이거 보고 있지?"

딱 어머니 또래로 보이는 분이 안에서 나왔다. 그러고는 "거울 앞에서 한번 대봐" 하며 부드럽게 나를 이끌었다. 못 이기는 척 안으로 들어가 거울 앞에 섰다.

"이렇게 봐서는 잘 모르겠지? 한번 입어봐."

엉겁결에 탈의실로 입장했다. 손에는 처음 입어보는 하얀 바지가 들려 있었다. 마네킹이 입고 있는 게 눈에 들어왔지만, 어머니가 봤다면 못 입게 할 것이 뻔해 망설이던 옷이었다. 흰색인 데다 몸에 착 달라붙는 스판 재질.

하얀 바지를 입고 이리저리 거울에 비춰보는데 "위에는 이걸 한번 입어보면 어때?" 하며 사장님이 또 다른 옷을 권했다. 모자가 달린 검정 민소매 티셔츠였다. 예뻤다. 하지만 소매 없는 옷이라니, 어머니가 뭐라고 하실지 뻔했다.

"엄마가 보면 뭐라고 하실 것 같아요."

"에이, 이 정도는 요즘 다 입지. 위에 카디건을 입어주면 되잖아. 카디건도 한번 입어봐."

가게 앞을 서성일 때 여러 번 살펴본, 마네킹이 입고 있던 위아래 옷 그대로였다. 시키는 대로 몽땅 갈아입었다. 어머니 목소리가 들리는 것 같았다.

'그런 걸 입기엔 아직 어려.'

그때 사장님이 말했다.

"아줌마도 너만 한 딸이 있어. 이거 그대로 입혔는데 예쁘더라."

오호라. 그 말에 용기를 얻었다. 그래 뭐 어때, 입어보자 싶었다. 사실 이 옷 저 옷 다 입어본 주제에 안 사고 그냥 나올 만한 뻔뻔함도 없었다. 멋지게 카드를 긁었다.

성공적 쇼핑으로 용기를 얻어 과감히 다른 층으로 이동했다. 어머니가 주신 카드가 아닌, 모아둔 용돈으로 한 가지를 더 샀다. 모자였다. 때는 5월, 눈부시게 날씨가 좋았지만 어머니는 병원에 누워 계셨다. 멀쩡한 사람도 저렇게 누워만 있으면 병이 날 것 같다고 생각했고, 어떤 계기나 희망이 있으면 밖으로 나올 마음이 생기지 않을까 상상했다. 암 환자의 컨디션 같은 건 짐작하지 못하고 말이다. '희망을 품으면 기적도 일어난다잖아. 햇볕을 직접 받으면 몸이 좋아지지 않을까.' 그래서 택한 것이 모자였다. 항암 치료로 빠진 머리카락도 숨기고 눈부신 햇빛도 가릴 수 있으니 더 좋을 듯싶었다. 그날 밤엔 편지도 썼다.

"퇴원해서 이거 쓰고 같이 놀러 가요. 햇볕이 좋아요."

주말에 새로 산 옷을 '풀 장착'하고 병원에 갔다. 문을 열고 들어서자마자 내 옷을 훑는 어머니 시선이 느껴졌다. '역시 과했구나. 마음에 들지 않는구나. 지금이 바로 욕먹을 타이밍이구나.' 어머니가 입을 여시려는 그 순간, 나는 쇼핑백을 내밀었다.

"이건 내 돈으로 산 거야. 엄마 주려고."

모자를 꺼내 보고 편지를 읽은 어머니는 야릇한 표정을 지으셨다. 환하게 웃을 줄 알았는데 웃지 않았다. 다시 쇼핑백 안으로 모자를 넣으려 하시기에 얼른 빼앗아 들고 말했다. "잘 보이는 데 두고, 볼 때마다 퇴원할 생각만 해." 그러고는 침대 옆 탁자에 올려뒀다.

그 모자는 장식품처럼 병실 탁자만 지켰다. 바깥 구경은커녕 햇빛 한번 받지 못한 채 덩그러니 놓여 있었다. 그리고 먼지만 쌓인 모자를, 몇 달 후 내 손으로 버렸다.

결혼 후 맞은 시아버지의 첫 생신에 옷을 선물했다. 백화점을 돌고 돌아 코트 하나를 샀다. 그때 생각했다. 내 아버지에게는 옷 한 벌 사드린 적이 없다는 걸. 그래서 작정하고 '효도 데이'를 만들었다. 이날만큼은 싸우지 않고 화내지 않고 남들처럼 화목하게 하루를 보내보자, 마음먹었다. 아버지와 약속을 잡고, 영화를 보고 식사를 하고 옷을 사드리는 야심찬 계획을 세웠다.

영화 예매부터 난관이었다. 단둘이 보는 첫 영화. 소

위 민망한 장면은 절대 나오지 않을 영화를 찾아내야 했다. 고르고 골라 예매한 것은 전쟁영화였다. 영화를 보는 동안 아버지 반응을 살폈지만, 그저 조용히 앉아 계셨다. 극장에서 나오자마자 아버지가 던진 한 줄 감상평은 "요새 애들은 다 귀가 먹었냐?"였다.

교통사고 후유증으로 한쪽 귀가 안 들리셨던 아버지. 보청기는 필요 없다고 하셔서 쓰지 않았고 일상에서도 큰 어려움은 없었다. 하지만 두 시간 내내 소음 폭격을 퍼붓는 영화관에서는 엄청난 스트레스를 받으셨나 보다. 어라, 이게 아닌데…. 첫 단추가 잘못 끼워진 기분이었다.

초밥을 먹으러 가서도 아버지는 내내 멍했다. 말을 걸어도 잘 알아듣지 못했고 자꾸 "피곤하다"고만 하셨다. 효도 데이를 이렇게 망칠 수는 없었다. 식당을 나와 다음 코스인 백화점으로 아버지를 이끌었다. 백화점에 가자는 내 말에 아버지 표정이 잔뜩 굳었다. 정색하는 얼굴을 마주한 나 역시 순식간에 마음이 식어버렸다. "집에 갈란다. 다음에 사자" 하며 달아나듯 몸을 돌리는 아버지를 붙잡지 않았다. 딸이 효도 한번 해보겠다는데 본인 기분만 생각하는 아버지가 못마땅했다. 이날 귀가 후 아버지는 내리 두 시간을 잔 뒤에야 기운이 좀 났다며, 다시는 영화관에 가지 않겠다고 선언하셨다.

효도 아닌 효도 데이가 그렇게 막을 내리고, 옷 쇼핑은 기약도 없이 미뤄졌다. 겨울옷을 사려다 "여름옷이라도 삽시다" 했지만, 내가 임신을 했고 아이가 태어났고 정신없이 시간이 흘러갔다.

아무렇게나 입고 다니시던 아버지가 떠오를 때면 '다른 건 몰라도 쇼핑은 했어야 하는데' 하는 마음이 든다. '취향을 몰라서' '정확한 사이즈를 몰라서'라는 이유로 옷을 사다 드리지도 않았다. 즐겨 듣던 노래 가사처럼 "그 흔한 옷 한 벌 못 해주고" 모두 끝이 났다.

Q. 부모님의 옷 사이즈를 아시나요? 신발 사이즈는요?

보호자가 된다는 것

◇◇◇◇◇◇◇◇◇◇◇

"○○○ 환자분 보호자 되시죠?"

아버지의 병원 생활 동안 내가 가장 자주 들은 말, '보호자'. 아이의 보호자로만 익숙하던 내가 어느새 아버지의 보호자도 되어 있었다.

아이 보호자로서 나는 아이에게 위험한 행동을 하지 못하게 했고 몸에 나쁜 음식을 제한했으며 교육 기관에 보냈고 일찍 자게 했다. 보호자의 마땅한 행동이라 생각했다.

아버지의 보호자가 되고 나니 조금은 억울한 마음이

들었다. 몸에 나쁜 술 담배를 그렇게나 털어 넣고, 밤늦게까지 TV를 보고, 내 말 같은 건 듣지도 않고 마음대로 살아놓고 이제 와 나한테 '보호자'를 하라니…. 나를 보호할 의무가 있을 때 모른 척하던 사람을, 갑자기 내가 보호해야 한다니…. 억울했지만 도리가 있나. 생로병사의 과정 어디쯤에선 상대방에게 보호자가 되어줘야만 하는 관계, 그게 가족이었다.

나이 마흔이 가까워도 여전히 내 한 몸 보호하기조차 벅차건만 여기저기서 나를 보호자로 불러댄다. 그저 과업으로 받아들일밖에. 최근 몇 년간 압축적으로 보호자의 책무를 짊어졌던 나는, 비슷한 일을 겪고 있거나 앞으로 겪을 또래 지인들과 이야기를 나누고 싶었다. 공감, 응원, 위로 같은 것들. 그런 마음으로 부모님에 대한 글을 쓰고 있다는 말에 지인들은 묻곤 했다.

"효도하라는 내용이야?"

내 주제에 효도라는 말을 입에 올릴 입장은 못 된다. 그저 소중한 지인들에게, 이 한마디를 당부하고 싶을 뿐이다.

"후회는 남지 않게 하자."

내 또래들이 '빡세게' 살아가고 있다는 것은 누구보다 잘 알고 있다. 그럼에도 너무 후회할 일은 하지 말라고 꼭 말해주고 싶었다. 후회라는 감정은 꼬리가 꽤나 길어서, 이제 다 지나갔나 싶은 순간에도 인정사정없이 나를 공격해오곤 했다. 그랬기에 적어도 후회는 남지 않게 부모님을 대하는 게 좋을 것 같다. 물론 힘들겠지만 나중의 삶을 위해서 말이다.

부모님과 잘 지내는 것은 나를 위한 일일까, 부모님을 위한 일일까. 딱 내 수준과 입장에서 말하자면 '내 정신 건강을 위해' 어느 정도의 관계 회복은 하는 것이 낫다고 느낀다. 떠나실 부모님을 위해서가 아니라, 이곳에 남아 있을 나를 위해서. 거창한 '플렉스' 같은 걸 말하는 게 아니다. 이런저런 핑계로 미뤄왔던 전화 한 통, 식사 한 끼, 꺼내기 어색했던 다정한 말들…. 할까 말까 망설이고 있다면 하라고, 해보라고 권하고 싶다.

육아서에 단골로 등장하는 조언이 있다. "칭찬을 많이 하세요" "아이의 이야기를 귀 기울여 들으세요" "아이는 온전한 인격체이므로, 그 의견을 인정하고 받아들이세요" 등등. 읽다 보니 아이뿐 아니라 아버지와의 관계에도 그 조언들이 도움이 될 것 같다는 생각이 들었다. 나는 아이를 온전한 인격체로 보고 있는가? 아니었다. '저 쪼그만 게 말을 안 들어!' 했다. 나이 들어가는 부모를 온전한 인격체로 보고 있는가? 아니었다. '젊은' 나의 말이 옳은데 말 안 듣고 고집 부린다고 여겼다. 상대 의견과 내 생각 사이에서 내 것을 내려놓는 것이 참 힘들었다. 그렇다고 그저 하자는 대로 놔두고 포기할 수도 없는 일. 먹기 싫다는 아이에게 밥도 먹여야 했고, 움직이기 싫다고 버티는 아버지에게 운동도 권해야 했다. 그 과정에서 알게 된 것 같다. 이 역시 타협이나 조율이 필요한 일임을. 적정선을 찾아가는 것이 보호자의 역할임을.

육아든 부모 돌봄이든 대개는 장기전이다. 장거리 선수는 초반부터 죽을힘을 다해 달리지 않는다. 끝까지 버티는 것이 중요하므로 힘을 안배한다. 돌보는 일도 마찬가지. 잘해보겠다는 의욕을 성급하게 불태우기엔 언제 끝날지 알 수 없는 레이스다. 자신의 일상을 지켜가면서 장기전에 돌입하는 것이 좋다. 예상보다 빨리 끝나버린 아버지의 입원도, 돌아보면 4년이었다. 사람마다 차이가 크겠지만 그 긴 기간을 버틸 수 있게 보호자 자신의 몸과

정신을 지켜나가는 방법을 찾으라 말하고 싶다. 내 경우 딱히 '잘 해내고 말겠어' 하는 마음도 없었건만 시간이 갈수록 길을 잃은 듯한 기분을 자주 느꼈다. 보호자의 생활이 온전해야 보호도 적절히 이뤄질 수 있는 것 같다.

부모 돌봄이 자녀 양육과 결정적으로 다른 점이 있다면 그건 '끝'의 모습인 것 같다. 양육의 끝은, 별문제 없이 시간이 흘러간다면 아이가 제 힘으로 자기 몫을 하며 살아갈 즈음이라고 말할 수 있을 듯싶다. 그 모습은 아이마다 엄청나게 다양하리라.

부모 돌봄의 끝은, 안타깝지만 죽음이라는 한곳으로 귀결된다. 물론 각자의 결은 다르겠지만 말이다. 내 의지로 할 수 있는 게 없음을 받아들이는 마음이 가장 필요했던 것 같다. 어머니의 마지막도 아버지의 마지막도, 그저 닥쳐왔을 뿐이다. 그 끝을 바꿀 힘은 내게 없었다.

결국은 다가올 끝을 어떻게 준비하면 될지 고민하는 이들에게, 나는 종종 상상을 해보라고 말하곤 했다. 본격적인 보호자 책무에 앞서서 그려보면 어떨까. 미래는 어떤 모습으로 다가올지를. 나는 아버지의 죽음에 대해 구체적으로 상상해본 적이 없었다. '저러다 가시겠지' 했지만, '저러다'의 순간에 무엇이 필요할지, '가시겠지'의 순간을 어떻게 맞이해야 할지 몰랐다. 보호자의 책무엔 시간과 돈이 들었으므로 거기에 대비하는 자세가 정말 중요함을 절감했다. 닥쳐서야 허둥거렸던 나는 스트레스를 심하게 받았고, 생활 자체가 휘청이는 느낌을 받았다.

아버지의 입원이 장기화되면서 열심히 찾아본 것 중 하나가 아버지의 보험이었다. 아버지는 단 하나의 보험도 가입해두지 않으셨다. 젊은 시절에 가입했던 모든 보험을 마치 적금 해약하듯 하나씩 깨서 쓰셨단 걸 입원 후에야 알았다. 그래서 친구들을 만날 때마다 묻곤 했다. "부모님 보험은 들어놨니?" "건강검진은 받으시니?" 하고.

'부모님이 많이 늙으셨어.'

그런 생각이 들 때부터 실질적 대비를 해나가라고 말해주고 싶다.

Q. 부모님의 최근 건강검진은 언제였나요?

타인의 삶을 이해하기

◇◇◇◇◇◇◇◇◇◇◇

우리는 부모님에 대해 얼마나 알까?

단편적인 기억들을 글로 옮기면서 머릿속에 자꾸만 물음표가 떴다. '부모님은 젊었을 적 어떤 삶을 살았을까?' 나를 낳기 전, 또 그 이전의 삶이 궁금했다.

'엄마는 꿈이 없었을까?'

'아빠는 엄마 말고 만난 사람이 없었나?'

그러다 삼촌들이 떠올랐다. 어머니의 오빠, 아버지의 동생. 내가 모르는 부모님의 청춘을 지켜봤을 분들 말이다. 외삼촌과 삼촌에게 용기를 내 전화를 걸었다. 좀 뜬금없지만 부모님에 대해 알고 싶다고 말을 꺼냈다. 두 분은 대낮에 전화로 밑도 끝도 없는 질문을 던지는 조카를 잘 받아주셨다. 외삼촌과의 통화가 유독 기억에 남는다.

"네 엄마가 그 시골에서 공부도 잘했고 예뻤어."

논두렁에서 불놀이를 하다가 치마폭에 불이 옮겨 붙어 엉엉 운 적도 있다고 했다. 또 고등학교 졸업하고는 한껏 꾸미고 다니더니 오토바이 타는 남자를 만났다는 이야기, 결혼 후 점점 연락이 뜸해졌다는 이야기 등, 다 처음 듣는 것이어서 반가웠다.

이런저런 일화를 풀어놓던 외삼촌은 "그렇게 힘들다고 하더니만 결국은…" 하더니 말을 잇지 못했다. 잠시 뒤 잔뜩 잠긴 목소리로 한마디를 남기시고 통화는 끝이 났다. "야, 이런 건 만나서 얘기하자. 전화로는 못 하겠다."

외삼촌이 들려준 이야기를 통해, 뚝뚝 끊어진 필름 같던 어머니의 삶이 동영상으로 이어지는 느낌을 받았다. 내가 알고 보아온 모습으로 어림짐작만 하던 것을 긴 흐름으로 연결해보는 건 색다른 기분이었다. 삶의 마침표에만 집중했던 시야가 확 넓어지는 것 같다고 할까.

그럼에도 아쉬움은 남았다. 내가 진작 어머니의 삶에

관심을 가졌다면 어땠을지, 두 분이 살아 계실 때 이런 이야기를 당사자에게 직접 들었다면 얼마나 생생했을지 하는 생각이 들었다.

"엄마, 오토바이 타던 그 남자랑은 어디서 만났는데? 왜 헤어졌어? 아빠가 그 사람보다 좋았어?"

더 이상 물을 수도, 답을 들을 수도 없는 숱한 질문들. 이젠 그저 끌어안고 살아가야 하리라.

내 삶이 바쁘면 다른 이의 삶에 관심을 기울일 여력이 없다. 그럼에도 더 늦기 전에, 곁에 있는 부모님의 삶과 지나온 시간에 귀를 기울여보라고 권하고 싶다. 유년과 학창 시절, 청년기까지, 구체적으로 어떤 시간을 보내고 지금에 이르렀는지 알아가는 것은 부모님과 자신의 관계를 이해하는 데에도 도움이 될 것 같다. 나에겐 여전히 물음표로 남아 있는 그 시간을, 다른 이들은 풍성한 이야기로 채웠으면 좋겠다.

Q. 부모님의 '청춘'에 대해 들어본 적 있나요?

우리 다시 만난다면

◇◇◇◇◇◇◇◇◇◇

요즘 들어 부쩍, 어르신과 함께 길을 가는 나이 지긋한 딸을 볼 때마다 걸음을 멈추고 잠시 바라보게 된다. 나에게는 오지 않을 미래. 나는 겪어볼 수 없는 미래. 그런 순간을 마주할 때마다 상상해본다. 어머니와 아버지가 나이 80대 혹은 90대를 맞았다면 어떤 모습일까. 기억 속 외할머니의 모습을 어머니 얼굴처럼 떠올려보기도 하고, 할아버지 얼굴을 아버지 얼굴과 섞어보기도 한다. 사실 잘 모르겠다. 입관 때 모습이 너무 강렬하게 남아 있어서 상상조차 되지 않는다. 진정한 마지막이란, 그들이 존재하는 현실을 상상할 수조차 없어지는 그런 순간인 것 같다. 시간은 흐르고 거울 속 내 모습은 변하지만 부모님의 시간은 일시 정지. 그게 내가 겪은 끝이었다. 곁에 있는 부모님이 안 계시는 걸 상상하기 어렵듯, 끝을 본 사람은 함께 계시는 걸 상상하기 어렵다.

가끔은 내가 실제보다 나이를 더 먹은 것 같다고 느낀다. 아버지 문병을 갈 때마다 "아빠" 하고 부르면서 어려진 기분이 들곤 했다. 아이처럼 굴어도 될 것 같은 기분. 그럴 일이 사라진 이후엔 온전히 어른으로만 존재하고 있다. 어린 자아는 내 안에 여전히 있는데 드러낼 자리가 없다. 사회적 존재로서 의젓하게 굴어야 하는 순간들만 넘쳐난다. 밑도 끝도 없는 잔소리를 들을 일도 거의 없다. "밥은 먹었냐" "따뜻하게 입어라" 같은 관심의 말들도. 그저 아이를 챙겨야 할 의무가 있는 어른으로 살아갈 뿐이다. 그렇게 느끼는 순간이면 왠지 조금은 외롭고, 딱 그 외로움의 크기만큼 바스락바스락 나이가 들어버린 것 같다.

부모님을 과거에 두고도 내 시간은 꾸준히 흘러갈 것이다. '이 나이 때 부모님은 어땠을까' 하는 생각은 앞으로도 꾸준히 하게 될 것 같다. 어머니가 돌아가신 마흔일곱 살, 그 나이에 나는 어떻게 살고 있을까. 아버지가 떠나신 일흔한 살, 그때까지 나는 살아 있을까?

요즘은 그 끝 어디에선가 한 번쯤, 아니 딱 한 번만이라도 두 분을 만나고 싶다는 생각을 한다. 병원에서의 모습도 입관 때의 모습도 아닌, 건강한 부모님의 모습을 보고 싶다.

"잘 지내셨어요?"

"그래, 너도 고생 많았다."

이런 대화를 나누며 두 분을 꼬옥 안아보고 싶다. 그 일이 꿈이든 혹은 내 삶 끝자락의 환상이든, 아니면 나의 죽음 이후가 될지도 모르겠지만 제발 일어났으면 좋겠다. 한껏 안아본 후엔… 크게 소리 지르고 싶다.

"건강 좀 챙기지 뭐 했어요!"

"대체 왜 그렇게 빨리 떠났어요!"

마음껏 화를 내고 말리라. '조금만 더 있어주지. 조금만 더 지켜봐주지. 계속 외로웠잖아요.' 참고 참았던 말을 털어놓으며 실컷 울고 싶다. 아이처럼 엉엉 울어버리면 속이 얼마나 후련할까. 그러곤 심호흡을 하고 목소리를 가다듬고, 이 말 한마디를 건네고 싶다.

"너무 보고 싶었어요."

Q. 부모님의 마지막 순간을 구체적으로 상상해본 적이
있나요?

에필로그

어디선가 부모님이 나를 지켜보고 계실 거라는 생각을 종종 한다. 설마 잊어버리진 않았겠지. 두고 간 딸내미가 보고 싶을 텐데 꿈에도 만나러 오지 않는 건, 늘 보고 있기 때문 아니겠어? 이렇게 마음 편한 대로 믿어버리고 오늘을 살아간다.

앞으로 살아갈 날도 지켜봐주실 거라고 생각하면 마음이 든든하다. 잘 살아내리라 다짐도 하게 된다. 잘 사는 게 어떤 건지는 여전히 모르겠지만, 두 분이 불안해하시지 않도록 한 발 한 발 내딛고 싶다. 언젠가 만

나서 "저 잘 살았죠?" 하고 물을 수 있는 날을 상상하며 살아가기. 그것이 지금 여기서 부모님을 위해 내가 할 수 있는 유일한 일인 것 같다.

현실에서 날 지켜봐준 이들에게도 이 자리를 빌려 인사를 하고 싶다. "살려고 쓰는 글"이라는 한마디로 평을 해준 나의 혈육 오빠, 늘 염려하고 살펴주시는 숙모와 두 삼촌, 우리 집 1번 손님 SJ와 BB, 사촌이자 친구인 SJ, HY, 촌철살인으로 힘을 주는 DH, 불쑥 찾아와 나눔을 실천하는 KS, 우울의 동반자 YS, 늘 환영해주는 부산 사람 MH, HJ, 사내 조직 여광파에게 고마움을 전한다. 끝으로, 절망과 좌절 속에서 헤매다 못해 적응해버린 내게 '긍정'의 손길을 내밀어준, 심플라이프 출판사 대표님께 깊은 감사를 드린다.

한 사람 한 사람이 건네주는 온기를 숭늉 들이켜듯 꿀꺽꿀꺽 마시며 마음에 허기를 달랬다. 이제 내가 받은 온기를 나눌 차례다. 이 글이 누군가에게 숭늉이 되어준다면 좋겠다. 꿀꺽 삼켰을 때 따뜻함이 전해질 수 있기를, 내 진심이 닿기를, 그래서 허기로 휑한 마음이 잠시라도 채워지기를 바란다.

만나지 못한 말들

1판 1쇄 펴낸날 2022년 2월 15일

지은이 | 이림

교정 | 심재경
경영지원 | 진달래

펴낸이 | 박경란
펴낸곳 | 심플라이프
등 록 | 제406-251002011000219호(2011년 8월 8일)
주 소 | 경기도 파주시 광인사길 88 3층 302호(문발동)
전 화 | 031-941-3887, 3880
팩 스 | 031-941-3667
이메일 | simplebooks@daum.net
블로그 | https://blog.naver.com/simplebooks

ISBN 979-11-86757-79-6 03810